シュガーアップル・フェアリーテイル

王国の銀砂糖師たち

三川みり

17909

角川ビーンズ文庫

CONTENTS

シュガーアップル・フェアリーテイル
王国の銀砂糖師たち

やあ！
ぼくエリオット!!
良い子のみんな
元気にしてるかな??
今日はシュガーアップル・フェアリーテイルについて簡単に説明しちゃうよ!!
えっ？タイトルが長いって？ そんなの慣れちゃえば大丈夫だよ!!
シュガーアップル・フェアリーテイル
エリオット先生のシュガー講座
あき　原作／三川《みかわ》みり
まず主人公はアン・ハルフォード(15)
銀砂糖師をめざしてる女の子だよ!!
銀砂糖師とはっ!!
砂糖りんごをあーしてこーして作った銀砂糖で砂糖菓子を作る
職人さんの称号だよ!!
さとう りんご
銀砂糖
そして彼はシャル
アンの連れているイケメン妖精だよ！
とっても強い戦士妖精だ
超口が悪いけどねっ!!
バカ かかし アホ
ひどい〜
人は妖精を捕らえその片羽を奪い召使いのように妖精を使役する、
ねえ シャル

わたしたち
友達になってみない？
そんな世界に疑問を持つアン
馬鹿が
いったいいつから人間と妖精はこんな関係になってしまったんだろう？
国のいたる所に残る妖精と人間の歴史
やがて互いに惹かれ合っていく二人
そして
君のために彼は自由を売った
様々な思惑が
アンとシャルを引き裂こうとする…
さあ君は
どうするかなあ？アン
…
…敵…!!?
あはは やだなあ
ぼくは君の味方じゃないかアン!!
うさんくさっ
ウソかほんとか!? 答えは本編で!!
End

本文イラスト／あき

アンと猫の
砂糖菓子屋

ブラッドン砂糖菓子店といえば、銀砂糖師ウィリアム・ブラッドンが経営する店だ。王都ルイストンで、一番の人気店。

ブラッドンを含《ふく》めて五人の砂糖菓子職人と、十人以上の見習いがいるという。

ゆったりとひろい、煉瓦《れんが》造りの店舗《てんぽ》。最奥《さいおう》にカウンターがあり、売り子達が接客している。その背後の棚《たな》には、大小の砂糖菓子が並べられ、それが飛ぶように売れていく。店の奥から、見習いの砂糖菓子職人たちが次々と砂糖菓子を運び出し、棚に並べる。

「すごい。どうしてあんなに素早《すばや》く、たくさんの砂糖菓子を作れるのかな?」

ブラッドンの店から出ると、アンはため息をついた。

「はやく作れるのが、そんなにいいか?」

アンの呟《つぶや》きに、彼女の肩《かた》の上に座っている湖水の水滴《すいてき》の妖精《ようせい》ミスリル・リッド・ポッドが、青い瞳《ひとみ》をくりくりさせる。

「だって、数をこなせたら収入は増えるじゃない? 商売には有利よ」

二人は話をしながら、路地に止めてあった箱形馬車に向かっていた。

年老いて毛並みの悪い栗毛《くりげ》馬が、塗《ぬ》りがくすんだ箱形馬車に繋《つな》がれている。一週間前にアンが奪《うば》われた、箱形馬車だった。三日前に、ルイストンの外れに乗り捨てられているのを発見した。さいわい壊《こわ》れた箇所《かしょ》もなく、中の装備もそのままだった。亡《な》き母親との、旅の思い出そのものである古びた馬車。それが見つかったことが、本当に嬉《うれ》しかった。

「さて、と。あと、行っていないお店は、ないわよね」

アンは荷台の扉部分にはさんであった紙片《しへん》を手に取り、確認《かくにん》する。そこにはルイストンに店を構える、銀砂糖師の名前が書き連ねてあった。

「ジェンキンスの店は廃業《はいぎょう》。ジョンソンの店も、移転の貼《は》り紙があったし。ヒングリーの店は、南の町に引っ越《こ》したって噂《うわさ》を聞いたし。でも、残念。ヒングリーって、派閥《はばつ》に所属してないすごい銀砂糖師だって話なのに。一番、お店を見たかった、憧《あこが》れの人なのにな……」

ぶつぶつ言いながら御者台《ぎょしゃだい》に向かう。と、御者台の上から声が降ってきた。

「砂糖菓子店を見物して歩いたら、そのかかし頭が立派になるのか？」

顔を上げると、目の前に黒いブーツの先がブラブラしていた。御者台に横になった人物が、長い足をもてあましている。

アンはむっとして、唇《くちびる》を尖《とが》らせた。

「ためになるわよ」

「覚えていられればな」

そう言って御者台の上に体を起こしたのは、黒曜石の妖精シャル・フェン・シャルだった。黒髪《くろかみ》に、黒い瞳。艶《つや》やかな貴石の妖精は、憎《にく》まれ口さえ叩《たた》かなければ、最高級の愛玩妖精《あいがんようせい》として売られていても不思議はない。

「失礼ね！　覚えてるわよ！」

「絶対に？」

「そりゃ！……たぶん」

つっこまれて、思わず弱気になる。

その顔を見て、シャルはくすっと笑った。面白《おもしろ》がっている。

「なんだか。毎日毎日。わたし、馬鹿《ばか》にされている気がする」

言いながらアンは御者台にあがり、シャルの隣《となり》に座った。手綱《たづな》を握《にぎ》る。

ミスリルはアンの肩から飛び降りると、シャルとアンの間に陣取《じんど》った。そして軽く、シャルを睨《にら》む。

「シャル・フェン・シャル。いい加減にしろ。アンが可哀想《かわいそう》だろうが。本当のことを、ずけずけ言うもんじゃないぞ」

その言葉を聞いて、アンはさらに肩を落とす。

「そうか……。わたしがかかし頭だっていうのは、二人共通の認識なんだ。……。もう、出発する」

馬に鞭《むち》を入れ、箱形馬車を動かした。

路地を出て、石で舗装《ほそう》された大通りに出る。すると正面から、強い風が通りを吹《ふ》き抜《ぬ》けた。

風の冷たさに、アンは体を震《ふる》わせた。

「寒っ。ウェストルはここより北だから、もっと寒いはずよね。大丈夫《だいじょうぶ》かな？　妖精はいいね。寒さを感じないんだから」

「寒けりゃ、ウェストル行きなんか止《や》めちまえよ」

ミスリルの言葉に、アンは首を振《ふ》る。

「ルイストンには、たくさんの銀砂糖師が集まってるんだもの。わたしの砂糖菓子なんか、誰《だれ》も買ってくれない。それよりもそこそこ人口は多いけれど、ここよりも銀砂糖師の数が少ない、ウェストルに行った方が、砂糖菓子は売れるはずよ。砂糖菓子が売れてくれないと、困る。もうすぐ、一文無しになっちゃうんだから」

アンは、砂糖菓子職人だ。腕《うで》には、そこそこ自信もある。だが残念なことに、銀砂糖師の称《しょう》号《ごう》は持っていない。

銀砂糖師を名乗れるのは、砂糖菓子職人の中でも、年に一度の砂糖菓子品評会で、王家勲《くん》章《しょう》を授《さず》かった職人だけだ。王国内で現在、銀砂糖子爵《ししゃく》を含め二十三人しか存在しない。

砂糖菓子職人の中でも、王家が認めた特別に優《すぐ》れた職人。それが銀砂糖師だ。

アンは、銀砂糖師にはなれなかった。そのかわり、母親を亡くして一人ぼっちだったアンに二人の道連れができた。

二人の妖精が一緒《いっしょ》にいてくれることが、今はなによりも嬉しかった。

これからアンは、ウェストルに向かうつもりだった。ハイランド王国内では、王都ルイストンに次ぐ大きな街。そこで砂糖菓子を売る予定だ。

街の外へ向かって馬車をすすめる。

石敷《じ》きの通りが途切《とぎ》れ、土埃《つちぼこり》の舞《ま》う道に出る。並ぶ家々は軒《のき》が低く、中心部の町並みに比べると、どれもこぢんまりしている。

なんとなく、アンは視線を左右に向けて町並みを見ていた。仕立物屋や、パン屋など、質素ながらも清潔な店先で、せかせかと立ち働く女将《おかみ》さんや娘《むすめ》たちの様子は、見ていて気持ちがいい。

「あれ？　あのお店……」

思わず、アンは手綱を引いた。

「どうした」

シャルに問われ、一軒《いっけん》の店を指さした。

「あの店。砂糖菓子店の目印がある」

パン屋や靴屋《くつや》、鍛冶屋《かじや》。いろいろな店には、その業種が一目で分かるように独特の目印がある。砂糖菓子店は、雪の結晶《けっしょう》のような六角形を透《す》かし彫《ぼ》りにした、木製の看板だ。

「有名な銀砂糖師が沢山《たくさん》いる王都で、商売してるなんて。あのお店の砂糖菓子《がし》職人は、よほど腕に自信があるのかも」

するとミスリルが、呟く。

「そうは思えない店構えだけどな」

「……ま、確かにね……」

その店は、左右の店に圧迫《あっぱく》されたように小さい。しかも板きれを葺《ふ》いた屋根が、左に傾《かし》いでいる。そのバランスを取ろうとするかのように、屋根の右側に石が並べてある。が、その石の下から、枯《か》れた雑草の葉が顔を出している。出入り口の扉《とびら》は、建てつけが悪いらしい。完全に閉まらないで、半分開いていた。

「でも、気になる。ちょっと見ていい？」

二人の妖精はまたかと呆《あき》れ顔をしたが、仕方なさそうに頷《うなず》いてくれた。

そこでアンは、箱形馬車を店の前に寄せた。アンが御者台を降りると、ミスリルも降りた。

しかしシャルは例によって、御者台の上に横になる。

「これでかかし頭が、また立派になるな」

シャルの憎まれ口を背中に聞きながら、店内に入る。

煉瓦むき出しの壁《かべ》。天井《てんじょう》には蜘蛛《くも》の巣《す》。一瞬《いっしゅん》、空き家か倉庫かと思う。しかも店の中は、とても窮屈《きゅうくつ》だった。人一人がやっと歩ける、通路のような店内。通路の先にも出入り口があり、奥の作業場に続いているらしい。

店の出入り口から奥に向かって、通路と平行にカウンターがある。そのカウンターの上にちょこんと座っているのは、若草色のふわふわした巻き毛の、ミスリルと同じくらいの大きさの妖精《ようせい》。愛らしい、少年の姿をしている。店番らしいが、こくこくとふねを漕《こ》いでいた。

妖精が座るカウンターの上には、砂糖菓子が一つ置いてあった。葡萄《ぶどう》酒の瓶《びん》くらいの大きさだった。その砂糖菓子を目にしたアンは、はっと息を呑《の》む。

「これ……」

小麦の粒《つぶ》のように小さな、青い野の花。それが無数に寄り集まっていた。全《すべ》て青でありながら微妙《びみょう》に色調を変えて並べられ、グラデーションになっている。

それを一歩引いてみると、その無数の野の花は、寄り集まって、大きな花の形を作っていた。花で作られた、花。可憐《かれん》でありながら素朴《そぼく》さを感じる、その繊細《せんさい》な作り。

アンは砂糖菓子に魅入《みい》られたように、立ちつくしていた。

だから店の出入り口から、一人の男が入ってきたのにも気がつかなかった。

男はアンの姿を認めると、出入り口でちょっと躊躇《ためら》った。しかし彼女が男に注意を向けていないと分かると、そっと彼女と離《はな》れた位置に立ち、横目でちらりと砂糖菓子を見た。

「すごい。これ、すごい。誰が作ってるの？　あ、ねぇ。ごめんなさい」

アンは、カウンターの端《はし》に座っている妖精に駆《か》け寄った。無礼は承知で、妖精を起こしにかかる。

この砂糖菓子を作ったのは、どんな職人なのか。どんなふうに作ってるのか。店の奥の作業場にいるのなら、少しでいいから、その職人に会ってみたかった。

しかし妖精は、ぐうぐう寝《ね》ている。

ミスリルはぴょんとカウンターに飛び乗ると、自分とほぼ同じ大きさの妖精の肩《かた》を叩きながら、顔を覗《のぞ》きこむ。

「おいおい、お前！　起きろよ」

ばしばし肩を叩かれ、妖精はようやく、ほわんと目を開けた。

「うぅん……？　あれぇ、誰？」

妖精は、ミスリルの顔をぼんやり見る。

「俺様は、ミスリル・リッド・ポッド様だ」

「そっかぁ。スルスル様……。で、誰？」

「お前……めちゃくちゃ適当だな」

その時アンの耳は、ごそりと、なにかが動く音を拾った。すぐ近くだったので、音の方向を振り返る。と、そこに男がいた。アンに遅《おく》れて、店に入ってきた男だ。

その男は、カウンターの上に置かれた砂糖菓子を手にしていた。そしてこちらに背を向けると、そのまま無言で店を出て行こうとする。

「ちょっと！　あなた！」

アンは仰天《ぎょうてん》した。

男はびくっとして振り返った。その拍子《ひょうし》に、手にあった砂糖菓子が滑《すべ》り落ちた。

「あっ！」

アンとミスリルが声をあげるのと同時に、砂糖菓子は床《ゆか》に落ちた。

一瞬にして床に拡散する、青い色彩《しきさい》。

「しまった！」

男は舌打ちすると、店を飛び出した。

「なんてこと」

砕《くだ》け散った砂糖菓子に駆け寄り、アンはその場に膝《ひざ》をついた。無数の小さな青い花が、まき散らされている。その悲惨《ひさん》な状態でさえ、美しいと思えた。だが作品として作られていた形は、消えている。

ミスリルもカウンターから飛び降り、アンと一緒に砂糖菓子を見おろす。

「ひでぇな……」

その時だった。店の奥の扉が開いた。

「なんの音だ？　ベンジャミン」

現れたのは、一人の青年だった。

「あ～……キャット……」

妖精ベンジャミンは、まだ半分寝ぼけているらしく、目をこする。

アンはその場に立ちあがった。わずかに、緊張《きんちょう》する。

――この人が、これを作った人？

キャットと呼ばれた彼は、ほっそりした体つきをしている、灰色がかった髪《かみ》の青年だった。深い青の瞳《ひとみ》が、アンを見る。冷たい印象の顔には、どこか貴族的な気品が漂《ただよ》っていた。キャットの名前にふさわしく、銀灰色《ぎんかいしょく》の毛並みがつやつやしている、尻尾《しっぽ》が優雅《ゆうが》に長い猫《ねこ》を連想させる。

キャットは、アンの足もとに散乱している砂糖菓子の残骸《ざんがい》に目を移した。それを目にした途《と》端《たん》、細い眉《まゆ》がつりあがる。

「あの……」

アンは口を開きかける。が、その前にキャットは、つかつかと彼女の目の前にやってきた。そして彼女を見おろすと怒鳴《どな》った。

「なんてことしやがったんだ、このチンチクリン！　悪戯《いたずら》じゃすまねぇぞ！」

貴族的容貌《ようぼう》とはかけ離れた罵倒《ばとう》に、びっくりする。そして彼の勘違《かんちが》いにも、驚《おどろ》く。砂糖菓子を壊《こわ》したのは、アンだと思われているのだ。

「ちょっ……違《ちが》います！　これを壊したのは、わたしじゃありません」

「嘘《うそ》つけ！　悪戯したガキはたいがい、自分じゃねぇって言い張りやがるんだ」

「ほんとうに、違います」

「そうだそうだ、アンがやったんじゃないぞ！　やったのは、さっき店から飛び出していった男だ。疑うなら、そこの店番の妖精に聞いてみろ」

ミスリルはカウンターに飛び乗ると、びしっと、ベンジャミンを指さす。

キャットは眉をひそめながらも、妖精、ベンジャミンに向きなおった。

「そうなのか？　ベンジャミン」

「う～ん。わかんないなあ。僕、寝ぼけてたから」

ベンジャミンは緊張感《きんちょうかん》のかけらもなく、小首を傾げておっとりと答えた。

「はあっ!?　いただろうが、男が！　黒っぽい服を着た」

ミスリルはベンジャミンに詰《つ》め寄る。

「いた？」

「つ……使えない……」

ミスリルは、わなわなと唇《くちびる》を震《ふる》わせた。

「ほら、見ろ。やっぱりてめぇだ」

人差し指をアンの眉間《みけん》に突《つ》きつけて、キャットが断言する。

「だから、違います！」

その時。

「あぁ。いたよぉ、ほら。黒い服の男」

ベンジャミンがのんびりと、店の出入り口を指さした。ミスリルは、

「戻《もど》ってきたか」

と、嬉《うれ》しげに振《ふ》り返った。アンも振り返ったが、出入り口に立っているのはシャルだった。

「なにを騒《さわ》いでる？　もめ事か？」

アンとミスリルは、二人ながら崩《くず》れ落ちそうになる。

「それじゃこの妖精野郎《ようせいやろう》が、砂糖菓子《がし》を壊した犯人かよ」

いい加減な言葉を真に受けたキャットが、じろりとシャルを睨《にら》む。事情が分からないシャルは、眉をひそめた。

「砂糖菓子？　なんのことだ」

「違います！　彼は、わたしたちの連れで。店にはたった今、入ってきたばかりです」

アンがあわてて、訂正《ていせい》する。

「お前、余計なこと言うなっ！　黒い服の男でも、全然違うだろう」

ミスリルは、にこにこしてるベンジャミンの肩を、両手で摑《つか》んで揺《ゆ》すぶった。

「とにかく、てめぇらがこの砂糖菓子を壊したことは間違《まちが》いねぇよな。どうしてくれるんだよ、えっ!?　弁償《べんしょう》しろ！」

貴族的な気品あふれる外見の青年は、とてつもなく柄《がら》が悪く、与太者《よたもの》のようにすごんでみせる。

「弁償って。壊したの、わたしじゃない」

「まだ言い張るつもりかよ、ガキ！」

アンの顔を覗きこみ、キャットはふと、なにかに気がついたような顔になる。

「クソガキ。お前……三日前の砂糖菓子品評会で、国王の御前《ごぜん》に召《め》されたか？」

「え？　あ、はい」

「あの小娘《こむすめ》か」

ふんと、キャットは鼻を鳴らして、腕組《うでぐ》みした。

「よし。じゃ、働け」

「はいっ？」

「砂糖菓子職人なんだろうが。ここで働いて、砂糖菓子の分を労働力で弁償しろ。それで手を打ってやる」

——それ、いいかも。

一瞬《いっしゅん》、そう思ってしまう。ここで働けば、あの素晴《すば》らしい砂糖菓子を作る工程を間近に見られるかもしれない。

——でも、わたしが壊したんじゃないのに。それを認めて弁償するのは、まずいのかも……。

シャルは、だいたいの事情を察したらしい。アンの隣《となり》にやってくると、訊《き》いた。

「ほんとうに、お前たちが壊したのか？」

「神にかけて、違うわよ」

「なら働く必要はない。行くぞ」

シャルはアンの右腕《みぎうで》を摑み、店の外へ連れ出そうとするように引いた。

「逃《に》がさねぇぞ、クソガキ！」

キャットがアンの左腕を摑む。

「放せ」

シャルが鋭《するど》く、キャットを睨む。しかしキャットも、歯をむき出す。

「弁償するまで、放さねぇ！」

「壊したのは、こいつじゃない」

「こいつだ！」

「放せ。しつこいと、斬《き》るぞ」

アンはぎょっとなる。短気な彼は、苛立《いらだ》ちはじめている。だがキャットも、怯《ひる》まない。

「ああ、上等だ！　斬ってみやがれ！」

「そうする」

シャルは右掌《てのひら》を軽く広げる。そこに光の粒《つぶ》が、きらきらと集まりはじめる。剣《けん》を出現させる準備だ。

「シャル！　物騒《ぶっそう》なこと、やめて」

「こいつが悪い」

「キャットさん、彼、本気です！　この手を放してください」

「逃げる気だな⁉　馬鹿野郎《ばかやろう》！　死んでも放すかっ！」

この勢いでは、キャットは意地でも手を放さないだろう。かといって、キャットが手を放さなければ、シャルも確実に剣を振るいそうだ。

——どうしようっっ⁉

とにかく、キャットが手を放してくれたらいいのだ。はっと思いつき、アンは声を張りあげた。

「わかりました！　働きます！　わたし、働きますから！　だから放して。シャルも剣を収めて！」

「なんだと？」

驚いたように、シャルの手がゆるむ。

「よっしゃぁ！　取り消しはなしだぜ」

キャットも満足そうにガッツポーズすると、手を放す。アンはとりあえず、ほっとした。

「働くというのは、なんのつもりだ？」

責めるように、シャルが問う。

「砂糖菓子を壊《こわ》したのは、わたしたちじゃない。でも、わたし、ここでしばらく働く。砂糖菓子一個分だから、それほど長い期間じゃないだろうし。それからウェストルに向かっても、いいと思うの。別に急ぐ旅でもないし。それに……」

改めてアンは、散乱した砂糖菓子の破片《はへん》と、目の前のキャットを見比べる。

「お前の責任でもないのにか？」

「そうなんだけど、でも……実は……」

実は。キャットの仕事ぶりを近くで見られると一瞬考えてしまうと、見たくてたまらなくなっていた。不服そうなシャルに、申し訳なくなる。

「わたし。この人の仕事、見たいの」

「そのために、やってもないことの弁償をするのか」

「あ、うん。弁償というか。まあ、いい機会だから、ちょっとした勉強をしたいというか……」

ミスリルが、唖然《あぜん》と呟《つぶや》く。

「アン……馬鹿さ、全開だな……」

「ご、ごめん……」

アンは首をすくめ、小さくなる。

「いったんした約束は、破るんじゃねぇぞ。きっちり働いてもらうぜ。クソガキ」

キャットは腰《こし》に手を当て、ふんぞり返って宣言をした。

ベンジャミンが、ほわっと微笑《ほほえ》んだ。

「わぁ。すごいねぇ、キャット。従業員ができるなんて、一流の職人みたーい」

「言っちゃなんだが、これ、店番の意味ないぞ！　全然！」

ミスリルは肩《かた》を怒《いか》らせ、ベンジャミンを指さした。彼はまたもや、カウンターの上でふねを漕《こ》いでいる。若草色の巻き毛に、薄桃色《うすももいろ》の頬《ほお》をしたベンジャミンは、少女めいた、おっとりとした感じの少年の姿だ。ふわっと微笑まれると、ついつい微笑み返してしまいそうになる。が、店番としては、徹底的《てってい》に役立たずだった。

アンは店の表側から、精製した銀砂糖を入れるための樽《たる》を運びこみながら、ミスリルの申し立てに苦笑《くしょう》した。

「確かにね」

キャットの要求通り、アンはその日の午後から彼の店で働きはじめた。アンは店の奥の作業場で、銀砂糖の精製をする役目を仰《おお》せつかった。ミスリルはベンジャミンとともに、店番。シャルは、アンの補助をするようにと命じられた。

暗くなるまで、きっちり働かされた。

翌日は、朝日が昇《のぼ》る前に三人とも叩《たた》き起こされた。その上この仕事は、最低でも三日は続けてもらうと言われた。

そのかわり、食事はアンたち三人の分も用意してくれるし、寝《ね》る場所も、店の二階を貸してくれた。親切なのか、そうでないのか、よく分からない男だった。

「起きやがれ！　ベンジャミン！　店番、結局俺様一人がやってるんじゃないか」

ぽかりと、ミスリルがベンジャミンの頭を殴《なぐ》る。ベンジャミンは頭をさすりながら、ゆっくり目を開ける。

「……なあに？」

「店番！　お前も起きて、やれ！」

「だってぇ。スルスルがやってるもん」

「ミ・ス・リ・ル！　ミスリル・リッド・ポッドだって、言ってんだろうが。略すどころか、お前根本的に、名前間違《まちが》ってる！　とにかく、店番」

「いいよぉ、そんなに真面目《まじめ》にしなくても。どうせお客は来ないもん」

確かに。キャットの店には、客が一人も来ない。だがそれは当然だった。店内には、一つも砂糖菓子《がし》が置かれていないのだ。作り置きがない。

「クソガキ！　銀砂糖はまだか」

「あ、はいっ！　すぐに碾《ひ》きます！」

作業場から怒鳴《どな》られ、アンはあわてて樽を引きずって作業場に入った。

作業場には大きめのテーブルがある。その上に石板を置いて、キャットは銀砂糖を練っていた。

彼はひとつかみ分の銀砂糖を執拗《しつよう》に練り、艶《つや》を出し、それに青の色粉を混ぜる。その小さな固まりをさらに指で小さくとりわけ、爪《つめ》の先で青い花を作る。それを何度となく、青の濃淡《のうたん》を変えて繰《く》り返す。そんな作業だから、とても時間がかかる。

壁《かべ》にそって作り付けられている竈《かまど》の上には、砂糖林檎《りんご》を煮詰《につ》めている最中の、大鍋《おおなべ》が煮立《にた》っている。裏口近くには石臼《いしうす》があり、そこで固めた銀砂糖を粉に碾く。

アンが樽を持って作業場に入るのと同時に、裏口から、シャルが入ってきた。乾燥《かんそう》した板状の銀砂糖が入れられている、平たい容器を手にしている。

「ありがとう、シャル」

石臼の隣に樽を置くと、シャルの手から銀砂糖の固まりを受け取る。その板状になった銀砂糖を、ハンマーで適当な大きさに砕《くだ》く。そして石臼で碾きはじめた。

重い石臼を回すのは、重労働だ。少し経《た》つとアンの額に、汗《あせ》の玉が浮《う》かぶ。

「急げよ、ガキ。この砂糖菓子は、二日後に必要なんだ」

「キャットさん。ガキじゃなくて、アンです」

石臼を碾きながら、とりあえず抗議《こうぎ》する。

「ガキで充分《じゅうぶん》だ。てめぇこそ、俺に『さん』なんかつけて、馬鹿にしやがって」

「馬鹿になんかしてません」

たら、腹が立つ」

「『猫《ねこ》さん』だぞ！　思いっきり、馬鹿にしてるだろうがっ。最悪の渾名《あだな》に『さん』づけされ

　アンは、思わず作業の手を止めた。

「キャットさんって、渾名なの」

「キャットだ！　この鳥頭！」

「は、はい！」

「俺の親は、息子《むすこ》にキャットと名づけるほど、投げやりじゃねぇぞ。どっかの阿呆《あほう》がこの渾名をつけてくれたおかげで、街じゃこっちの方が通りがよくなっちまったから、仕方なく名乗ってるだけだ」

　壁にもたれ、アンとキャットのやりとりを聞いていたシャルが口を開く。

「おい。キャットさん」

　ぎらりと、キャットはシャルを睨《にら》む。

「てめぇ。いい性格してんな」

「店には一つの砂糖菓子も置いてない。商売する気はあるのか？　今作っている砂糖菓子も、本当に買い手がつくのか？　キャットさん？」

　それはアンも、不思議に思っていたことだった。キャットはシャルの繰り出す嫌味《いやみ》に、顔をしかめていた。しかし、ふんと鼻を鳴らすと、再び作業に戻《もど》る。

「いいんだよ、これで。俺一人、これでなんとか食えてる。それにこの砂糖菓子は、買い手も決まってる。結婚式用《けっこん》だ」

「いくらで売れるんですか？」

さぞ高価に違《ちが》いない。だからこんなに悠長《ゆうちょう》な商売をしているのだろう。

「五十バイン」

「五十バイン？」

それは銀砂糖師ではない砂糖菓子職人としては、妥当《だとう》な価格だ。だがキャットの作品の素晴《すば》らしさを思えば、安すぎる。

「どうして、もっと高値がつくはずです」

「高値をつけた奴《やつ》に、売るんじゃねぇ。俺は、作りたい奴にしか、作らねぇ」

キャットの腕前《うでまえ》で砂糖菓子品評会に出場すれば、間違いなく王家勲章《くんしょう》を授《さず》かるだろう。そしてうまく商売すれば、ブラッドン以上に大きな砂糖菓子店を構えられるはずだ。それなのに。

「なぜ、そんな」

「作ってやりたい奴のためじゃなきゃ、作る気が起きねぇ。けど作ってやりたい奴が、高い金を払《はら》えるとはかぎらねぇ。現にこの砂糖菓子を買ってくれる娘《むすめ》は、『ドギーの靴屋《くつや》』の娘だ。靴屋の娘には、五十バインでもきつい買い物だろうが」

言いながら、爪の先で小さな花をいくつもいくつもひねり出していく。針を使って、小さな花の花びらの先端《せんたん》を、少しだけ裂《さ》いて花びららしく細工をする。

――こんな細かな作業を集中して続けられるのは、作ってあげたい人がいるからこそなんだ。

それはアンにとって、理想の職人の姿に思えた。お金でも、名誉《めいよ》でもない。ただ誰《だれ》かのために、自分の技《わざ》を注ぎこみ、その誰かが喜んでくれるものを作る。その人が喜んでくれる顔を見る。

それがもっとも、職人にとって嬉《うれ》しい瞬間《しゅんかん》かもしれない。

アンは生きるために、お金を得るために、砂糖菓子を作り続けなければならない。しかしいつかは、キャットのように、誰かのためにと心に決めて技を注ぎこむような、そんな生活がしてみたかった。

――確実に、貧乏街道《びんぼうかいどう》まっしぐらだろうけどね～。

アンは、傾《かたむ》いた天井《てんじょう》を見あげた。

「砂糖菓子職人は、馬鹿《ばか》率が高いな」

シャルは肩《かた》をすくめて、とてつもなく失礼なことを言った。

その日の夕方には、作品を作るための銀砂糖が底をついた。アンが精製している銀砂糖は、明日の朝になれば固まり、臼で碾いて銀砂糖にできるはずだった。

だが砂糖菓子の製作作業は、明日の朝までできない。そのためキャットは、その日、日暮れとともに作業を終了《しゅうりょう》した。

キャットとベンジャミンは、作業場の隣《となり》にある小さな部屋で寝起《ねお》きしていた。食事を終えると彼らは部屋に入り、すぐに寝てしまったらしい。

アンたち三人も、二階に上がった。

二階は物置だ。盥《たらい》や鍋《なべ》、衣装箱やらで、雑然としている。床《ゆか》の隙間《すきま》を探すようにして、アンたちは箱形馬車から下ろしてきた革《かわ》の敷物《しきもの》を敷《し》き、毛布を被《かぶ》って眠《ねむ》る。

ミスリルもシャルも、すぐに静かになる。けれどアンは、なかなか寝付《ねつ》けなかった。暗闇《くらやみ》を見つめ、精製途中《とちゅう》の銀砂糖の量を計算していた。

今乾燥させている銀砂糖の量で、作品はできあがるだろう。けれど、余裕《よゆう》はない。不測の事態が起これば、銀砂糖は足りなくなる。

結婚式を楽しみにしているという娘と、その娘に、砂糖菓子を作ってやりたいと思っているキャット。もし銀砂糖が不足すれば、二人の思いが形にならない。

二週間ほど前に、銀砂糖の不足で苦い経験をした。そのために、もし銀砂糖が不足したらと、気になって仕方がない。

――もっと、作っておこうかな。

そう思いたち、アンは二人を起こさないようにそっと物置を抜《ぬ》け出した。

足音を忍《しの》ばせ、一階の作業場に下りる。

真っ暗な作業場は、冷えていた。石の床を踏《ふ》む靴《くつ》の裏から、冷気が体の中にしみこむようだ。

両腕《りょううで》を抱《だ》くようにしてさすってから、ランタンに火をつけた。

大鍋を手にして、裏口から外へ出た。

裏口を開けっ放しにして、明かりが外に漏《も》れるようにする。その明かりを頼《たよ》りに、井戸《いど》の水を大鍋にくみあげた。井戸水は、指先がチリチリするほど冷たい。

冷水を満たした大鍋を持って、作業場に戻る。作業場のすみには、大きな盥がある。その中には銀砂糖を溶《と》かした水に、砂糖林檎がひたされていた。

盥の隣に冷水を入れた大鍋を置くと、砂糖林檎を盥から移す。何度も何度も水に手をつけるので、最後には、指の感覚が麻痺《まひ》した。最後の一個の砂糖林檎は、何度も摑《つか》みそこねた。麻痺した指は、冷水の中で悪戦苦闘《あくせんくとう》した。

全《すべ》ての砂糖林檎を大鍋に移し終わると、大鍋を竈の上にかける。

竈に火を入れるために、火打ち石を打つ。けれど、かじかんだ手に力が入らない。えいやっと、力を入れると、勢い余って火打ち石が手から飛び出して、床を転がった。

「あっ！　もうっ！」

小さく舌打ちして、火打ち石を追うために、立ちあがる。視線をあげた瞬間、悲鳴をあげそうになった。いつのまにか、すぐ前に人影《ひとかげ》があったのだ。

「なにをしている、こんな夜中に」

シャルだった。アンはドキドキしている胸を押さえて、ほっと息を吐《つ》いた。

「脅《おど》かさないでよ……どうしたの？」

「お前が、こそこそ出ていって帰ってこないから、見に来た」

「あ、起きてたの？　それとも、起こした？　ごめんね」

「なにをしていた」

「銀砂糖が、足りなくなるといけないから。多めに精製しておこうと思って」

「キャットに命じられたのか？」

「ううん。キャットは、今乾燥《かんそう》させている量で大丈夫《だいじょうぶ》だって言ったんだけど。計算してみたら、ぎりぎりかなって。足りなくなって、結婚式に砂糖菓子《がし》が間に合わなくなったら、大変でしょ」

それを聞いて、シャルはため息をついた。

「お前はいつも、砂糖菓子のことしか考えてないのか？」

「そんな、馬鹿にしなくても……。わたしだって、他《ほか》に色々考えてるもの」

言いながら、シャルの足もとに転がる火打ち石を拾って、竈《かまど》の前にしゃがみこむ。再び火打ち石を打ち合わせようとするが、指が思うように動かない。火打ち石を持った指に、何度も息を吹《ふ》きかける。

そうしていると、アンの傍《かたわ》らにシャルがすっと膝《ひざ》をついた。

「馬鹿にしたわけじゃない」

静かに言うと、アンの手から火打ち石を取りあげる。そして器用に火打ち石を使い、竈の中に押し込んであるおがくずに火をつけた。おがくずが燃えあがる。

「あ……ありがとう」

意外な行動にアンは目を丸くしていたが、かろうじて礼は言えた。シャルは火打ち石を置くと、おがくずの燃え具合を見るように、竈に視線をすえる。

火が大きくなるまで、もう少しかかりそうだった。アンは冷たい指に、何度も自分の息を吹きかけ続ける。指先はまだ、ぴりりと痛い。その仕草を、シャルはちらりと横目で見た。

「寒いか？」

「あたりまえ……じゃないわよね。シャルたちは、寒さを感じないんだから。今、とっても寒い。指なんて冷えて、痛い」

「冷たいというのは、よく分からない」

「じゃ逆に、温かさは？　シャルの指は冷たいけど、息や羽は、温かいよね」

「少し感じる。温かさは、ふわふわしたものを触《さわ》った感じに似てる。自分の体の温かさは、よく分からないがな」

「ふわふわ、か。どんな感じなのかな？」

言いながらもアンは、指先の痛みに苦い顔をした。と、ふいにシャルが両手をのばし、アンの両手を握《にぎ》った。そして、その指先に息を吹きかける。

指先に、温かい息が触《ふ》れる。かっと、頬《ほお》が熱くなる。以前、ブラディ街道で、こうやって指先を温めてくれたことがあった。けれどあの時以上に、アンはうろたえてしまった。

「シャ、シャル。なに？」

「こうすれば、温かいはずだろう」

「……そう、だけど」

それを聞くと安心したように、再びシャルはアンの指に唇《くちびる》を近づける。息が触れる。

——温かい。

指に触れる息は、とてつもなく恥《は》ずかしい。でも同時に、指先が溶けるようで気持ちがいい。この温かさを、シャル自身がよく分からないのは、すこし切ない。

寒さを感じず、自分の温かさも分からない。そうであるなら、自分の存在をくっきりと意識するのが、困難な気がした。

もしアンだったら、誰《だれ》かに自分の存在を確認《かくにん》してもらわなければ、不安になりそうだった。

竈の炎《ほのお》が大きくなり、二人の影《かげ》がゆらゆらと石の床に揺《ゆ》れる。体に炎の熱を感じ、アンは正気づく。もうシャルに、指を温めてもらう必要はない。

「ありがとう、シャル。火がついたから、暖かくなった」

言うと、彼はあっさり手を放した。別に彼にとっては、たいした意味はない行為《こうい》だろう。だが、アンの頬は、火の熱に照らされる以前に真っ赤になっていた。

なんとなく、まともにシャルの顔を見られなくて、じっと竈の火を見ていた。

朝までには、アンは砂糖林檎《りんご》を煮詰《につ》め終えていた。シャルは一晩中、彼女のそばにいてくれた。

起き出してきたキャットは、煮詰められ、平たい石の容器に移された銀砂糖を見て、驚《おどろ》いたような顔をした。

「どうしたことだ、こりゃ」

「銀砂糖の量が、ぎりぎりかもしれないので。もうひと鍋、念のために仕込んでおきました。あ、昨日から乾燥させてある銀砂糖を、これから石臼《いしうす》で碾《ひ》きますから。すぐに作業を開始できます」

眠い目をこすりながら、アンは石臼に向かった。その背に、

「おい、ガキ。朝飯は、食ったか？」

少しあわてたように、キャットが声をかけた。

「いえ、まだ」

「じゃあ食ってから、仕事しろ。職人は体が資本だ。ベンジャミン、頼《たの》む」

「はぁーい」

ベンジャミンは、のんびりと竈の方へ向かう。この妖精《ようせい》は料理が得意らしい。

三度の食事は彼が作っていた。店番としては役立たずだが、家事をしてもらうために、キャットはベンジャミンを使役《しえき》しているのかもしれない。

朝食を終えると、アンは銀砂糖を碾く作業に取りかかった。キャットはアンが碾き、さらさらの粉になった銀砂糖を、端《はし》からすくっては練りの作業をする。

石の器《うつわ》に銀砂糖をすくい、冷水で指を冷やし、練る。その単純な作業でも、キャットの動きはよどみない。キャットの渾名《あだな》は、その柔《やわ》らかな動きからつけられたのかもしれない。

シャルの立ち居振《ふ》る舞《ま》いは優雅《ゆうが》だが、それは颯爽《さっそう》とした動きが洗練されているから優雅に見える。キャットはシャルに比べれば、女性的なほど、柔らかな動きだ。シャルとは違《ちが》った優雅さをみせる。

――キャットって、優雅よね。柄《がら》は、ものすごく悪いけど。

そういえば服装も、ちょっと洒落《しゃれ》たところがある。シャツの袖《そで》や襟《えり》にさりげなくレースのあしらいがあったり、刺繍《ししゅう》があったりする。

キャットの動きを横目で見ながら、額の汗《あせ》を手の甲《こう》でぬぐい、石臼を動かしていた。すると店の方から、ベンジャミンとミスリルが騒《さわ》いでいる声がした。

うるさく鳴る石臼を止め、アンは店へ続く扉《とびら》に視線を向けた。キャットも、手を止める。

「いいから、通しなさい！」

女の声がすると、店と作業場を仕切る扉が勢いよく開いた。

派手な羽飾《はねかざ》りをつけた帽子《ぼうし》に、もこもこふくらんだ毛皮のケープを羽織った女が、両肩《りょうかた》にミスリルとベンジャミンをぶら下げて立っていた。

「この、ばばあ！　入るなってば！」

「入っちゃだめだよぉ！　そこは神聖な作業場なんだからぁ！」

妖精たちは、必死に一枚の羽を動かしながら、女を店に押し戻《もど》そうとしている。

キャットは嫌《いや》そうな顔をすると、作業台を離《はな》れた。そして布で手を拭《ふ》きながら、女の前に立つ。

「なんの用だ。クレイ子爵《ししゃく》夫人」

「あなたが砂糖菓子を作っていると聞いたのよ。どうかしら。今作っている砂糖菓子に、百クレス支払《しはら》うわ。だからその砂糖菓子を、譲《ゆず》ってくれないかしら」

「あんたは、物覚えが悪《わり》ぃようだな。先月、あんたが砂糖菓子を作ってくれと言ってきたとき、俺はなんて言ったよ？」

どうやら相手は貴族らしい。それなのにキャットの、無礼な口のきき方。

キャットの態度に、クレイ夫人もむっとした様子だった。しかし彼を怒《おこ》らせることを恐《おそ》れているらしく、無理矢理《むりやり》引きつった笑いを浮《う》かべる。

「さあ、なんて言ったかしら」

「いくら金を積まれても、あんたの娘《むすめ》の結婚《けっこん》のために、砂糖菓子《がし》は作らねぇ」

「どうしてなの？　うちの使用人のエミリーの結婚には、あんな素晴《すば》らしい砂糖菓子を作ったのに。そのおかげであの子、結婚した相手が織物で成功して、大金を手に入れて、うちから出ていったのよ」

「へぇ！　そりゃめでてぇ」

キャットは心底嬉《うれ》しそうに、持っていた布で膝を打つと、けたけた笑った。

「うちの使用人には作って、なんで私の娘には作れないの」

「あんたや娘が、エミリーをどう扱《あつか》ってきたか思い出してみな。とにかく、俺は作らねぇ。国王陛下が頭を下げてきたって、あんたたちには作らねぇ」

「ねぇ、キャット。お金なら」

「帰りやがれ！」

怒鳴《どな》りつけたキャットに、クレイ夫人は怯《ひる》んだように一歩後退した。そして急に顔を歪《ゆが》めると、歯ぎしりする。

「職人風情《ふぜい》が」

「うるさい」

クレイ夫人の背後から、突然《とつぜん》、声がした。夫人は飛びあがって振《ふ》り向いた。

シャルが冷たい表情で、クレイ夫人を見おろしていた。シャルの姿を見て、クレイ夫人の目は大きく見開かれる。

「なんて綺麗《きれい》な、妖精……」

ついと店の出入り口を指さして、シャルは顎《あご》をしゃくる。

「出ろ、タヌキ。ケバくて、目障《めざわ》りだ」

クレイ夫人は、自分がタヌキ呼ばわりされたことも、ケバいと罵《ののし》られたことも、まったく聞いていないらしい。目を輝《かがや》かせると、作業場の方に向きなおった。

「この妖精は誰のもの？　キャット、あなたの妖精？　三百クレス支払うから、これを私に譲って！」

その言葉を聞いて、アンは怒《いか》りのために、髪《かみ》が逆立つ気がした。

「彼は誰のものでもありません！」

アンはずんずんとクレイ夫人の前に来ると、きっと睨《にら》みあげた。

「出ていってください！」

その場の全員から出ていけと言われ、ようやくクレイ夫人は、居心地《いごこち》の悪さに気がついたらしい。なにか言いたそうに口をもごもごさせていたが、ぷいとこちらに背を向ける。そして足音も荒《あら》く、店の出入り口に向かう。

「やった！」

「うっふふ〜。よかったね〜」

妖精たちは、カウンターに飛び降りた。タヌキを撃退《げきたい》した喜びに、お互《たが》いハイタッチする。

キャットは舌打ちすると、

「クソが！　作業場まで入って来やがって。作業場が穢《けが》れた」

言いながら、棚《たな》に置いてある小さな壺《つぼ》を手に取る。場所を清めるための、聖エリスの実の茶色い粉が中に入っていた。聖句を唱えながら、粉を作業場の床《ゆか》に撒《ま》きはじめた。

アンは店まで行き、クレイ夫人が扉を出ていくのをしっかり見届けた。

と、その時。クレイ夫人を店の外で待っている、従者らしき男の姿が見えた。

「あっ！」

思わず、アンは声をあげた。あわてて、ミスリルを呼ぶ。

「ねぇ、ミスリル・リッド・ポッド！　外、見て！　クレイ夫人の従者の男！」

言われてミスリルは、カウンターの上から首を伸《の》ばして、出入り口を覗《のぞ》きこんだ。そして彼もまた、えっと声をあげる。

「あいつ」

「ねぇ、そうよね？　間違《まちが》いないよね？」

アンとミスリルは、顔を見合わせた。

「あの男よね。キャットの砂糖菓子を盗《ぬす》もうとして……」

「……壊《こわ》した。あいつだ。間違いない」

二人の会話を聞いて、シャルがぽつりという。

「あのタヌキ。どうやらかなり、しつこいようだな」

ベンジャミンは、目をくるくるさせた。

「えー。本当にいたの？　黒い服の、砂糖菓子を壊して逃《に》げた男。驚《おどろ》きぃ」

「俺様はおまえがなんにも見てないことの方が、驚きだよ！」

ミスリルが肩《かた》を怒らせ、つっこんだ。

「う〜ん。でもねぇ」

ミスリルのつっこみも、まったく聞いていないベンジャミンは、人差し指を唇《くちびる》に当て思案顔になる。

「僕はね、君たちを信じるとしてー。キャットは、どうかなあ。なにしろ思いこみが激しい人だもん」

アンは苦笑《くしよう》する。

「まあ、今更《いまさら》誤解を解こうが解くまいが、わたしは、きっちり働くつもり。でも」

表情を改め、クレイ夫人が出ていった店の出入り口扉を見つめる。

「二度と、あんな人たちに、キャットの砂糖菓子を触《さわ》らせたくない」

それからベンジャミン、ミスリル、シャルの三人に向きなおった。

「ねぇ、三人に相談があるの」

「なんとか、間に合ったな」

深い息を吐《つ》いて、キャットは作業台の上に完成した、青い花の砂糖菓子を見つめた。窓の外は、薄暮《はくぼ》に染まっていた。

アンはその砂糖菓子に、見れば見るほどひきつけられていた。

「ほんとうに、きれい。これを買った人には、最高の幸福が来る。きっと」

するとキャットは意外なほど、嬉しそうに笑った。

「そうだといいけどな。『ドギーの靴屋《くつや》』のキャサリンは、ガキの頃《ころ》から知ってる。幸せになってくれりゃ、いいな」

「結婚式は、明日ですか?」

「ああ。明日の朝、届けてやればいい。届けるのは、てめぇの仕事だ。ガキ」

「え、わたしですか? どうして」

「砂糖菓子を受け取った人がどれだけ嬉しそうな顔をするか、見せてやるよ。俺がクソガキに教えられるのは、それだけだな。まあ、よく働いた褒美《ほうび》だ」

「……え……?」

「疲《つか》れた。夕飯は、昼飯の残りものだ! 食ったら、俺は寝《ね》る。そのまえにこの汗《あせ》くせぇ体を拭《ふ》かないとな。おい、ベンジャミン！　湯を沸《わ》かせよ」

作業でこった肩をぐるぐる回しながら、キャットは店の方へ出ていった。

小さな青い、素朴《そぼく》で可憐《かれん》な花。小さな幸福をこつこつと集め、やがて大きな花の形になる。この砂糖菓子を受け取る娘と、この砂糖菓子を作ったキャットの思いが、そこには見えるようだった。

アンは軽く拳《こぶし》を握《にぎ》る。

「この砂糖菓子は、わたしが届ける」

キャットが体を拭いて着替《きが》えをする間に、アンは自分の箱形馬車の調整と掃除《そうじ》をすると彼に言い、ミスリルとシャルと一緒《いっしょ》に、作業場から出ていった。

そして必要なことをすませて作業場に戻《もど》ったとき、扉《とびら》を入るなり怒鳴られた。

「遅《おそ》い！　どこほっつき歩いてた！　夕食が食えないだろうが。てめぇらは腹ぺこの俺を、飢《う》え死にさせる気か」

食卓《しょくたく》に座ったまま、手に持ったフォークの先を向けられる。

「ごめんなさい。いろいろ、手間取って。でも、あれ……？　それって、わたしたちを、待っててくれたんですか？」

言われてキャットは、かっとしたように怒鳴《どな》った。

「待ってねぇ！　さっさと座りやがれ、チンチクリン。てめぇらも座れ、おまけども！　ベン

「ジャミンもだ」

おまけ呼ばわりされた妖精《ようせい》二人も、おとなしく食卓に着いた。人間二人に、妖精三人で、食卓を囲んだ。


その日の、真夜中。

キャットの店も作業場も、しんと静まり、暗闇《くらやみ》に包まれていた。静寂《せいじゃく》の中、金属をかみ合わせるような硬《かた》い音が、かすかに響《ひび》く。それは作業場にある、裏口扉から聞こえる。程《ほど》なく、鉄がガチャリと強くこすれる音がした。

建て付けの悪い扉が、ぎしぎし軋《きし》みながら外から押し開けられる。扉の隙間《すきま》から顔を出したのは、一人の男だった。

キャットの店から砂糖菓子《がし》を持ち出そうとして失敗し、それを壊した、クレイ夫人の従者だ。

従者はそっと、部屋の中を確認《かくにん》するように見回した。誰《だれ》の気配もないのを確かめると、足音を忍《しの》ばせて作業場に踏《ふ》みこんできた。

暗闇の中、手にした細い蠟燭《ろうそく》の明かりを頼《たよ》りに、作業場を右から左に移動する。

そして、作業台の前に立ち止まった。

作業台には、両 掌《てのひら》を二つ並べたサイズの板が載《の》せてある。板の上には、葡萄《ぶどう》酒の瓶《びん》ほどの大きさのものが載っている。白い布がかけられているが、その大きさと置いてある場所から、キャットの砂糖菓子に間違いないと思われた。

従者は蠟燭を、作業台の上に置いた。そして両手を使って、ゆっくりと板を持ちあげた。

「そこまでよ！」

暗闇の中から、鋭《するど》い声がかかる。ふわっと、あたりが明るくなるのと同時に、竈《かまど》の陰《かげ》から立ちあがったのは、アンだった。手にしたランタンをかざす。

「やっぱり、来たわね！」

ぎょっとしたように、従者は一歩、足を引く。そして砂糖菓子を抱《かか》えたまま、きびすをかえし、裏口に向かって走り出した。

「ここは使えない」

作業場のすみにある暗闇から、シャルが現れた。裏口の前に立ちはだかる。

従者は立ち止まり、周囲を見回す。裏口は、シャルにふさがれた。店への出入り口前には、素早《すばや》く移動したアンが立つ。

袋《ふくろ》のネズミだ。

従者は、額に脂汗《あぶらあせ》を浮《う》かべる。その時、

「おい。なにを騒《さわ》いで……」

言いながら、キャットが自分の部屋から顔を出した。そして見慣れない男と、二つの出入り

口に立ちはだかるアンとシャルを見て、目を丸くする。そして、

「てめぇ、それは！」

彼は、従者の手にあるものに気がつき、顔色を変えて怒鳴った。

「くそっ」

従者はやけくそになったように、砂糖菓子を載せた板を、頭の上に持ちあげた。

「やめろ！」

キャットが飛び出すよりも早く、従者はその板を、アンめがけて投げつけた。アンは身をかがめて避《よ》けたが、板が壁《かべ》に激しくぶつかる音が響く。

キャットは蒼白《そうはく》になって、投げつけられた砂糖菓子に向かう。

その混乱に乗じるように、従者も駆《か》けだす。従者が、アンに体当たりをしようとする直前。背後から追ったシャルが、従者の膝裏《ひざ》を蹴飛《けと》ばした。従者は自分の走る勢いと、シャルに蹴《け》られた勢いで壁に激突《げきとつ》した。そのままずるずると、壁を舐《な》めるように倒《たお》れた。気を失ったらしく、動かなくなる。

キャットは、そんなことは目に入っていないらしい。投げつけられた板の方へ駆け寄り、膝をつく。

「砂糖菓子……」

疲れたように、呟《つぶや》く。が、次にはちょっと、ぽかんとする。

「砂糖菓子が、……ない……？」

床《ゆか》に転がっているのは、板きれ一枚。そして白い布だけ。床の上に散乱しているはずの、砂糖菓子のかけらもない。呆然《ぼうぜん》としているキャットの傍《かたわ》らで、白い布が、もごもごと動き出す。

「い、いてててて……」

「あはは……。なんか、目が回るぅ」

「お、重い。重い。苦しい」

「え〜、どうしたのお？」

「お前が俺様に乗っかってるのが、重いんだって！　どけろっ！」

怒鳴り声とともに、白い布がぱっと跳《は》ねあがる。そこには憤然《ふんぜん》と立ちあがったミスリルと、尻餅《しりもち》をついたベンジャミン。

「てめぇら……。板の上にいたのは、てめぇらか？　じゃ、砂糖菓子は、どこだ」

アンはキャットの傍らに膝をついた。

「ごめんなさい。キャット。驚《おどろ》かして。砂糖菓子は大丈夫《だいじょうぶ》です。『ドギーの靴屋《くつや》』の娘《むすめ》さんのところに、もう、わたしが届けました。とても喜んでいました、彼女。キャットに、ありがとうって伝えてくれって、何度も言ってました」

「届けたって、いつだ？」

「夕食までの間、わたしたち三人で、馬車の調整だってことにして、外へ出てました。その時に。『ドギーの靴屋』の場所は、ベンジャミンに訊《き》いて。今夜、ここに砂糖菓子を置いておくのは危険だと思ったんで、すぐに届けたんです」

失神した従者を、シャルは縛《しば》りあげていた。それを横目で見て、キャットは訊いた。

「こいつは、何者だ」

「クレイ夫人の従者です。わたしが壊《こわ》したってことになってる、砂糖菓子。本当は、この人が壊したんです。たぶんクレイ夫人に命令されて、キャットの砂糖菓子を盗《ぬす》もうとして、失敗して壊してしまったんだと思う。今日、この人がクレイ夫人の従者だって分かって。今夜が最後のチャンスだから、誰かが砂糖菓子を盗みに来る可能性は高いと思って。ベンジャミンとミスリル、シャルに相談して、待ち伏《ぶ》せしてたんです」

キャットは、明日結婚《けっこん》する娘のために砂糖菓子を作っている。それを知っているらしいクレイ夫人は、今夜中に、なにか行動を起こすだろう。そう予想した。

だから今夜、アンは作業場に隠《かく》れて待っていた。ランタンは火を小さく絞《しぼ》って、上から革《かわ》の敷物《しきもの》をかぶせた。明かりが漏《も》れないようにして、侵入者《しんにゅう》を待った。

そして。アンの読みは、的中した。

「……てめぇが壊したんじゃなかったんだな。悪かったな。働かせちまった」

珍《めずら》しく、キャットの声が先細りする。反省しているらしく、苦い顔をした。

「いいんです。だってキャットには、とてもすごいことを教えてもらったから」

結婚する娘は、平凡《へいぼん》で、おとなしそうな娘だった。でも、あふれるような笑顔《えがお》を見せた。まるで花のようだった。はっとするほど、愛らしかった。

その笑顔を思い出し、アンも微笑《びしょう》した。

「あの笑顔を見るための授業料だったって、納得《なっとく》したんです」

明け方。縛りあげた従者を、シャルがクレイ子爵邸《ししゃくてい》の前に投げ捨てて帰ってきた。その後、二人の人間と三人の妖精は、ベンジャミンが作った朝食を、もくもくと食べはじめた。しばらくして最初に口を開いたのは、キャットだった。

「そういや、言ってたよな？　ウェストルへ行くとか、行かないとか」

「ルイストンじゃ、わたしみたいな半人前の砂糖菓子は、売れなくて。ウェストルならそこそこ人口も多いし、ルイストンほど、銀砂糖師が集中してお店を出しているわけでもないから。少しは、売れるかもしれないと思って」

キャットはフォークを置くと、ふむと、腕組《うでぐ》みした。

「俺も、実はここを閉めて、南に引っ越《こ》す予定なんだ。俺は寒いのが苦手だから、ルイストンの冬には、嫌気《いやけ》がさした」

「猫《ねこ》だからな。寒さに弱い」

シャルの言葉に、キャットは眉《まゆ》をひそめる。

「てめぇは、俺に嫌味《いやみ》を言って、なにか得でもあるのかよ」

「得はないが、気分がいい」

「……最高に、性格歪《ゆが》んでやがるな」

シャルは、すましたものだ。目の前に置かれた黒パンを少しずつちぎって、掌に載《の》せている。パンは彼の掌の上ですっと溶《と》けた。妖精《ようせい》はそうやって掌から、食事を吸収する。

「まあ、いいさ。それでだ、俺は南に引っ越す。てめぇらは、北に行く。で、俺は暖かい土地に行くから、防寒着なんか必要ねぇわけだ」

「まあ、そうですね」

「だから、お前にやるよ。クソガキ」

「……え？」

アンは目を丸くする。

「俺が持ってる防寒着、やるよ。で、いつ出発する？」

「それは、仕事もすんだから。今日にでも出発しようかと思っていたんですけど。でも、防寒着をくれるって、そんな」

防寒着と呼ばれるのは、毛皮や水鳥の羽を使ったケープや上衣《うわぎ》、羊毛を中に入れて作った、手のこんだブーツなどだ。

防寒着を作るのは手間がかかる上に、羽毛《うもう》など原材料が貴重なために、総じて高価だ。アンも一枚、ケープを持っている。しかしそれは、十年着続けたものだ。毛皮が薄《うす》くなり保温効果は下がっているし、子供の頃《ころ》買ったものだから、大きめのものを買ったとはいえ、すでにつんつるてん。けれど買い換《か》えることができないから、今までそれでやってきた。

防寒着をくれるというのは、とてもありがたい話だ。だがおいそれと、もらっていい値段のものではない。

「そんな高価なもの、もらえない」

「馬鹿野郎《ばかやろう》！　ありがたく受け取りやがれ。ガキはガキらしく、くれるってもんは、喜んでもらっとけ。おい、ベンジャミン」

からになった皿を、せっせと片づけている妖精に、キャットは顎《あご》をしゃくる。

「二階にある衣装箱に、ケープが入ってるだろう。あれをこいつに渡《わた》せ。あと必要そうなものがあれば、適当にやれ」

「はぁーい」

ベンジャミンはぴょんと跳ねると、二階へ続く階段に飛び乗った。階段の上から、手招きする。

「こっちにあがってきて、アン。他《ほか》にもいろいろ、あるかもしれないよー」

「あ、うん」

二階に上がりながら、黙《だま》って出がらしのお茶を飲んでいるキャットをちらりと見る。彼がなんとなく嬉《うれ》しそうに見えるのは、ミスリルが追いかけてきた。

アンが二階に上がると、ミスリルが追いかけてきた。

ベンジャミンは、一枚の羽を小刻みに羽ばたかせながら、器用に衣装箱の蓋《ふた》を開けた。開いた衣装箱を、アンとミスリルは一緒《いっしょ》に覗《のぞ》きこむ。ベンジャミンは迷わず、布の海の中に飛びこんだ。それから一枚のケープを手に、衣装箱の縁《ふち》によじ登ってきた。

「わぁ、これ……高そう」

ベンジャミンが取り出したケープを、アンは両手で広げた。

ケープは内側に、羽毛を何重にも縫《ぬ》いこんであった。外布は、なめした革。その革も、草模様がはく押ししてある洒落《しゃれ》たもの。襟元《えりもと》には、細かい編みのレースがあしらわれていた。

間違《まちが》いなく、一級品だ。そのデザインの優雅《ゆうが》さは、キャットの貴族的な容貌《ようぼう》には、とても似合いそうだった。

「これ……わたし、ケープに負けて、みすぼらしく見えそう。キャットやシャルなら、着こなせそうだけど」

「もらっとけばいいよぉ。アンなら、あと五年もしたら、きっと着こなせるよ？」

ベンジャミンは、真面目《まじめ》な顔で言う。

「とてもそうは思えないけど……」

「なるよぉ。アンはこれから、もっと可愛《かわい》くなるもん。僕、分かるし」

「お前〜。なんだよ〜。見る目があるじゃないか〜。いい奴《やつ》だな〜」

なぜかミスリルが、照れたようにばしばしとベンジャミンの背を叩《たた》く。

「キャットはあんなに柄《がら》が悪いんだから、こんなの着ても、似合わないし。こんなのを彼が着てたら、僕、笑っちゃうもん」

歌うように言うとベンジャミンは、おっと、となにかに気がついたように、ケープの襟《えり》ボタンに飛びついた。

「あ、いけない。これは渡せない」

彼がよっこらせと腕《うで》に抱《かか》えたのは、ケープの襟に引っかかっていた小さな革袋《かわぶくろ》だった。革製の長い紐《ひも》がついている。

その革袋の形には、見覚えがあった。

「ねぇ、それ。妖精商人が、妖精の羽を入れるのに使っている袋《ふくろ》に、そっくりね」

「うん。これ、僕の羽が入ってるもん」

アンとミスリルは、同時に声をあげた。

「えっ？　どういうこと？」

「それ、お前の羽かよ」

ベンジャミンは自分の羽が入った袋を衣装箱の中に放《ほう》りこむと、蓋を閉める。そして蓋の上にちょこんと座る。

「どうもこうもないけど。僕の羽は、ここにあるの。あの人、僕の羽を身につけてたら、すぐいろんなとこに置き忘れちゃうんだよぉ。ひどいでしょー？　なくされちゃ一大事だから、僕がここに入れておいたの」

「でも、じゃあ、キャットは、あなたの羽を握《にぎ》ってないってこと？」

うん、とベンジャミンは頷《うなず》く。

「そう。けど本人、そのことに気がついてないんじゃないかなあ？　僕の羽を握ってなきゃいけないってことじたい、失念してるかも。あの人、砂糖菓子《がし》のこと以外には、とことん無頓着《むとんちゃく》だもん」

「それじゃ、お前！　逃《に》げ出せるじゃないか。その羽を持って、自由になれる」

「やろうと思えばね。でも、キャットを見てるのが面白《おもしろ》いから、ここでいいんだあ。いろいろ人間は見てきたけど、キャットはとびきり面白いもん。あきないもん。だから、いいんだあ」

おっとり笑うその姿を、今まで、可愛いとしか思っていなかった。しかし改めて眺《なが》めると、なんだかとても、落ち着いて見えた。酸《す》いも甘いもかみ分けて、老成した人のように。

ふと気になり、アンは訊《き》いた。

「ねぇ。ベンジャミン。あなた……生まれてから何年くらい経《た》ってるの？」

「僕？　う～ん。二百五十年くらいまでは、数えてたんだけど。めんどくさくなって、数えるのやめちゃったから。わかんない。僕、小さなつるつるの緑色の小石から生まれたんだもん。もしかしたら、まだまだ生きるかもね」

若草色のふわりとした巻き毛をゆらして、確実に二百五十歳超《ご》えの妖精は、少女のように愛らしく笑った。

その後、馬にたっぷりと飼い葉をやり、水も飲ませた。箱形馬車につけてある水樽《だる》も、満タンに補給した。

キャットは、小麦や保存食の乾燥《かんそう》肉、乾燥木の実をわけてくれた。遠慮《えんりょ》するとキャットは怒《おこ》り出すので、とにかく精一杯《せいいっぱい》感謝して、くれるものは全部もらった。

正午には、旅立ちの準備が整った。

「お世話になりました。キャット」

もらったケープを羽織り、アンは箱形馬車の側に立って深々と頭を下げた。

空は晴れていたが、風は冷たい。砂埃《すなぼこり》を軽く舞《ま》いあがらせながら、冬の風は北から南に吹《ふ》いている。

キャットは店の前まで、見送りに出てきてくれた。その肩《かた》には、ベンジャミンが座っていた。

「ウェストルか。気をつけて行けよ」

感慨《かんがい》深げに、キャットは言った。

「はい」

頷くと、アンは御者台《ぎょしゃだい》に乗った。そこにはすでに、シャルとミスリルが座っている。手綱《たづな》を握ると、キャットが御者台に近寄ってきてアンを見あげた。

「品評会の時に見たんだが。てめぇは、銀砂糖子爵《ししやく》と知り合いか？」

「はい。ちょっとした縁があって」

「ウェストルに行けば、奴にも会うかもな。会ったら、あのボケなす野郎《やろう》に、俺がよろしく言っていたと、伝えてくれ」

「……え……？」

「聞こえなかったか？　銀砂糖子爵になった、あのボケなす野郎に」

「いやっ、違《ちが》います！　聞こえてます！　聞こえてますけど、キャットって、銀砂糖子爵と知り合いなんですか」

「昔、一緒に修業《しゅぎょう》した。俺もマーキュリー工房《こうぼう》にいたんだ。二人とも銀砂糖師になってからは、俺は嫌気《いやけ》がさして派閥《はばつ》をはなれちまったが。あのボケなすは、俺と反対の道を行った」

「へ？　え、ええええええっ!?　い、今の話を聞いてると、まるでキャットが、銀砂糖師みたいに聞こえるんですけど」

アンは思わず身を乗り出した。

「なに言ってやがる。てめぇも、そうとうスカタンだな。俺は銀砂糖師だ」

「うそ、だって！　調べた限りじゃ、ルイストンにいる銀砂糖師の中に、キャットなんて名前の銀砂糖師はいなかった」

「だから、てめぇは！　俺の親は自分の子供にキャットなんてふざけた名前は、つけなかったって言っただろうが。こんなふざけた渾名《あだな》をつけたのは、銀砂糖子爵になった、あのボケなす野郎だ。俺の本名は、アルフ・ヒングリーだ」

アルフ・ヒングリー。

銀砂糖子爵も含《ふく》め、ハイランド王国内に存在するのは、二十三人の銀砂糖師。その中でも、銀砂糖子爵に匹敵《ひってき》する腕前《うでまえ》を持つと噂《うわさ》されるのが、銀砂糖師アルフ・ヒングリーだ。派閥に属することなく、独自の道をゆく。その作品は、銀砂糖子爵の作品と並べても、ひけをとらないと言われる。

ルイストンに店を構える銀砂糖師の情報を集めるときに、噂では「ヒングリーは南の町に引っ越した」と聞いていた。しかしそれは、「引っ越した」のではない。「これから引っ越す」の間違いだったのだ。

「銀砂糖師……アルフ・ヒングリー……。そりゃ、そうよね……。あんなすごい砂糖菓子、作るんだものね……」

あまりの衝撃《しょうげき》に、気が遠くなりかける。

「どうした？　クソガキ」

不思議そうに問いかけられて、アンは引きつった笑いで応《こた》えた。

「なんか。憧《あこが》れの銀砂糖師の人に、クソガキって呼ばれ続けてたんだなって」

「憧れ？」

キャットは嫌味《いやみ》でも聞かされたように、むっと唇《くちびる》を歪《ゆが》める。

「てめぇは、職人だろうが。だったら、誰《だれ》のことも、憧れる必要はねぇ。自分が唯一《ゆいいつ》、絶対無二の者だ」

厳しい口調に、アンははっとする。

「そうか。そういえば、銀砂糖子爵にも、似たようなことを、諭《さと》された気がする。誰かの猿真《さるま》似《ね》はだめって」

「はぁあ？　あんな野郎が、偉《えら》そうに。まあ、いい。あいつにゃ二度と会わないだろうから、よろしくと伝えてくれ。さっさとくたばれってな」

さすがに『くたばれ』とは、伝言でも伝えられないが、とりあえず頷いておく。アンは再び頭を下げた。

「ありがとう、キャット。さよなら！」

馬に鞭《むち》を入れると、箱形馬車が動きだす。ベンジャミンは、おっとりした笑顔《えがお》で、ひらひらと手を振《ふ》った。

「ばいばぁーい。アン、シャル、スルスルー」

「ミ・ス・リ・ルだっ!!　ミスリル・リッド・ポッドだ！」

ミスリルが眉《まゆ》をつりあげて振り返る横で、シャルもまた、背後を振り返る。

「世話になったな、キャットさん」

キャットは、拳《こぶし》を振りあげた。

「てめぇは！　あのボケなす野郎の次に、気にくわねぇ！」

怒鳴《どな》られたシャルは、面白そうにくっくっと笑い続けた。アンは呆《あき》れた。

「シャル。なんだって、最後の最後に、あんなこと言うの？」

「あいつが怒ると、面白い」

あっさりと悪趣味《あくしゅみ》なことを言われ、アンはため息をつく。

「あ～、そっか。シャルが怒らせようとして言ってる言葉に、むきになって怒ると、面白がられちゃうのね。なんか、分かった気がする。わたしもこれから、あんまりむきにならないようにしよ」

するとシャルが、意外そうな顔をする。

「キャットのように、わざとかかしを、怒らせて面白がったことはない」

「それ、本気で言ってるの？」

――今も、かかし呼ばわりしてるんですけれど……。これ、わざとじゃないの？

心の中でつっこむ。

「ただお前は、なにを言っても、いちいち反応する。それが面白い」

「……悪かったわね」

「悪いわけじゃない。かかしは、そこが可愛《かわい》い」

前方に続くでこぼこ道を見ながら、何気ない調子でシャルが言った。その言葉に、アンは途《と》端《たん》に頬《ほお》が赤くなった。

「な、なななな、なに言ってんの」

「なにかまずいことを言ったか？」

あわてふためくアンを横目で見て、シャルはふざけた様子もない。

──可愛いなんて。可愛いなんて。それ、無意識!?

可愛いには、それぞれ個人差が大きい。

アオガエルを見て可愛いと思う感性の人もいれば、可《か》憐《れん》優美な娘《むすめ》を見て、可愛いという人もいる。しかもその可愛いに混じる感情も、様々。

──今の可愛いの意味するとこって、なに!?　どのタイプの可愛いなの!?　まさかアオガエル!?

赤くなったり青くなったりするアンに、ミスリルが、あ〜あと、呆れたように頭の後ろで腕《うで》を組む。

「まったく、シャル・フェン・シャルは、分かっちゃないな。始末に悪い」

シャルは、首を傾《かし》げる。

「熱でもあるのか？　かかし」

「ない！　まったく。っていうか、シャル！　かかしって、呼ばないで！」

怒鳴って顔を背《そむ》けた。恥《は》ずかしくて、シャルの顔をまともに見られない。

――わたし。意識しすぎてる。シャルは全然、そんなつもりないのに。

指先が、じんじんする。

二日前の夜、そこに触《ふ》れた彼の息の温かさを思い出し、さらに動揺《どうよう》する。

アンの箱形馬車は、北へ進路を取っていた。目指すは、ハイランド王国第二の都市。銀砂糖子爵の居城シルバーウェストル城がある、ウェストル。

アンへの10の質問

1 誕生日はいつですか？
6月15日です。

2 趣味はなんですか？
砂糖菓子作り。あと可愛いリボンを集めることかな。

3 好きな食べ物は？
砂糖菓子……だけど、これはあんまり食べないから……。
乾燥果物を入れた、山羊のミルクの甘いスープが一番好きかな?

4 落ち着ける場所はどこですか？
ペイジ工房とパウエル・ハルフォード工房。

5 好きな人を教えてください。
好きな人はいっぱいいるけれど。やっぱり、一番はシャル。

6 今、一番欲しいものはなんですか？
う～ん。欲しいもの……。欲しいもの……。言われてみると、ない気がする。

7 これをされると怒る！　ということは？
わたしや、わたしの周りの人にひどいことされると怒る。

8 これをされると嬉しい！　ということは？
笑って話しかけてもらえたら嬉しい。

9 ご自分の好きな所を教えてください。
そうだなぁ……。(しげしげと自分の全身を眺め回して)手相……とか……？

10 夢はなんですか？
ヒューのような腕のいい職人になって、
それから妖精たちと働ける工房を作りたい。

天国の
銀砂糖師

とても静かだった。

アンは手を休めて、窓の外に目を向けた。窓の外枠《そとわく》には、雪が積もっている。空は灰色の雪雲に覆《おお》われ、午後の光は地上に届かない。

――三日後には、昇魂日《ブル・ソウル・デイ》。

窓硝子《まどガラス》には、不純物が多く混じっているし、歪《ゆが》みも目立つ。けして視界がいいとは言えないが、明かりとりには充分《じゅうぶん》だ。

そもそも田舎《いなか》の町や村を廻《めぐ》って生活していたアンには、一般庶民《いっぱんしょみん》の経営する安宿の部屋に、硝子窓があるというだけで最初は驚《おどろ》いたものだ。

さすがは、王都ルイストン。文化レベルが高い。様々な物資も集まってくる。

西の市場にほど近い場所に建つこの風見鶏亭《かざみどりてい》は、安価で清潔で安全な宿だ。一階は酒場兼《けん》食堂になっている。いつもならお昼時と夕暮れから深夜にかけて、結構な賑《にぎ》わいになる。けれど今日に限っていやに静かなのは、朝から雪が降り続いているせいだ。

この雪では、客足も鈍《にぶ》る。

アンは、目の前のテーブルの上に置かれた砂糖菓子《がし》に、視線を戻《もど》した。

ふっくらと丸みのある、薄《うす》ピンク色の薔薇《ばら》の花を束にした砂糖菓子だ。アンが二週間かけて丹念《たんねん》に作りこみ、今しがた完成させたばかりの作品だった。

「……ママ」

無意識に呟《つぶや》いていた。

部屋は冷えている。冬用の襟《えり》の高いドレスの上に、毛織りの上衣《うわぎ》を重ね着し、さらに下穿《したば》きにも毛織りのペチコートを重ねている。もこもこと厚着をしているし、小さな薪《まき》ストーブも部屋のすみにはある。それでも足先は冷たい。

アンの連れである二人の妖精《ようせい》は、部屋にいなかった。

妖精の一人、シャル・フェン・シャルは雪の中、散歩に出かけた。彼に言わせれば、雪の日は人通りも少なくて、静かで、散歩にはうってつけだという。

もう一人の妖精。ミスリル・リッド・ポッドは、一階の酒場兼食堂で、好物の温めたワインを飲んでいる。

部屋の中に一人でぽつんと立っていると、寒さと一緒《いっしょ》に、寂《さみ》しさが体の中に忍《しの》びこんでくるようだ。

「ひゃほぉぅ〜。アン〜」

部屋の出入り口の扉が開いて、陽気なミスリルの声がした。

出入り口をふり返ると、心底うんざりしたような顔のシャルがいた。

白い肌《はだ》に、黒い瞳《ひとみ》と黒髪《くろかみ》。鋭《するど》い雰囲気《ふんいき》の黒曜石の妖精は、最高級の愛玩妖精《あいがんようせい》のように端麗《たんれい》だ。

装飾《そうしょく》的で優雅《ゆうが》な黒の上衣とズボンは、見ただけで身震《みぶる》いしそうな薄着《うすぎ》だ。しかし妖精は寒さを感じないから、問題ないらしい。

ミスリルは、シャルの右手にぶら下げられていた。青い瞳の、湖水の水滴《すいてき》の妖精は、腰《こし》のベルトを掴《つか》まれ、荷物なみに扱《あつか》われていた。が、人一倍文句の多い彼が、なぜか文句も言わずへにゃっと笑って手を振《ふ》る。頬《ほお》が赤い。

「どうしたの？　ミスリル・リッド・ポッド」

「俺様はどうもしてないぞっ！　アンこそどうした？　ぐらぐら、揺《ゆ》れてるぞ」

「揺れているのはおまえだ」

シャルは言うと、後ろ手に扉を閉めて部屋に入ってきた。そして乱暴に、テーブルの上にミスリルを放《ほう》り投げた。

ごろごろっとテーブルの上に転がったミスリルは、むっとした顔をあげた。

「おまえ。今、俺様のこと、投げたな？」

「投げたがどうした」

腕組《うでぐ》みして冷然と見おろすシャルを睨《にら》み、ミスリルはふらふらと立ちあがる。

「どうしたって、おまえなぁ。俺様はなぁ……よく聞けよ。俺様は、……あれ？　なんだっけ。ま、いっか。あいかわらずおまえ、顔だけは綺麗《きれい》だなぁ〜。顔だけは。顔だけな！　なんだよ、嬉《うれ》しそうにしろよ。ほめてるんだぞ〜」

「礼を言うべきか？　それとも、つまみ出すべきか？」

シャルが嫌《いや》みたらしく、アンに訊《き》いた。

「シャル。もしかしてミスリル・リッド・ポッドって、酔《よ》ってる？」

「俺様は酔ってない！」

と、ミスリルは、酔っぱらいの常套句《じょうとうく》を叫《さけ》ぶ。

「これが酔っぱらい以外の何に見える？　どこかの馬鹿《ばか》が、この馬鹿に金を持たせて下の酒場に行っていいと許したらしいな。俺が散歩から帰ってきたら、宿屋の女将《おかみ》から、これを部屋に連れて帰れと、押しつけられた」

アンは言葉に詰《つ》まる。

どこかの馬鹿は、間違《まちが》いなく自分だ。

二週間ほど前に、アンは海辺の町フィラックスで、フィラックス公の望みの砂糖菓子を作り、千クレスを手に入れた。

そのおかげで、今、こうやって風見鶏亭に宿泊《しゅくはく》できている。野宿が可能な春になるまで、この宿で冬をやり過ごすのだ。

千クレスは大金。冬の間宿に泊《と》まっても、まだまだ余裕《よゆう》がある。

ミスリルは冬の定番飲み物である、温めたワインが大好きだ。懐《ふところ》に余裕があるものだから、ミスリルに「飲みたい」とせがまれると、断り切れずに幾《いく》ばくかの金を渡《わた》して、酒場に行ってもいいと言ってしまったのだ。

しょんぼりと項垂《うなだ》れる。

「ごめんなさい。考えなしで……」

「アンを苛《いじ》めるな！」

ミスリルは肩《かた》を怒《いか》らせ、ずんずんとシャルに近寄ってくる。

「アンを苛めたら、このミスリル・リッド・ポッド様が黙《だま》っちゃいな、い？　ああああっ——

——」

「ミスリル・リッド・ポッド!!」

アンは悲鳴をあげた。

ずんずんとテーブルの上を歩いたミスリルは、テーブルが途切《とぎ》れたことにも気がつかず歩き続け、見事に転落していた。

床《ゆか》の上にべしゃっと倒《たお》れたミスリルに、アンは駆《か》け寄ってしゃがみこみ、あわてて掌《てのひら》にすくいあげた。

「シャル！　どうしよう、意識がない！」

顔面蒼白《そうはく》で立ちあがり、両掌の上のミスリルを、シャルの鼻先に突《つ》きつけた。

シャルは迷惑《めいわく》そうに眉《まゆ》をひそめる。

「いびきをかいてる」

「へ？」

アンはミスリルを自分の顔の前に持ってくると、じっくり眺《なが》めた。ミスリルは半分口をあけてよだれを垂らし、幸せそうに、くぅかぁくぅかぁ、いびきをかいていた。

脱力《だつりょく》し、アンは力なく笑った。

「あ……ははは……ま、よかった……」

とりあえず安心して、ベッドにミスリルを横たえると、毛布をかけてやった。

「ごめんね、シャル。迷惑かけて」

「慣れた」

「そうか……ごめん」

シャルと出会ってから、もうすぐ三ヶ月。アンは彼に迷惑をかけ通しだ。

シャルはテーブルにつくと、その上に置かれている砂糖菓子に目を向ける。

アンはテーブルのところに帰ってくると、苦笑いした。

「妖精も、お酒を飲むと酔っぱらうのよね。忘れてた」

「立派なかかし頭は、健在だな」

返す言葉もなかった。

「ま、まあ。へべれけに酔っぱらっちゃうことって、よくあることよね。シャルもお酒飲むと、酔うでしょう？」

「あれほど、みっともなく酔ったことはない」

きっぱりと言われる。

——そうよね～。でも、もしシャルが酔っぱらうと、どうなるのかな？

想像もつかなかった。彼は、ミスリルが上機嫌《じょうきげん》になるのと同じ量を飲んでも、顔色すら変わらない。かなりの量を飲まなければ、酔わないたちなのかもしれない。

「これで完成か？」

ふいにシャルが訊いた。

なんのことを訊かれているのか、一瞬《いっしゅん》分からなかった。が、彼がじっと見つめているのが、今、アンが完成させたばかりの砂糖菓子《がし》だということに気がつく。

「うん」

テーブルの上に置かれた砂糖菓子は、昇魂日《ブル・ソウル・デイ》のための砂糖菓子だ。

昇魂日は、その年に亡《な》くなった人の魂《たましい》を天国へ送り出す日。

昇魂日の夜。その年に身内を亡くした者は、国教会の教会に砂糖菓子を持ち寄り、聖堂の周囲に飾《かざ》る。そして聖堂で祈《いの》りを捧《ささ》げた後、祭壇《さいだん》に、これも持参した飾り蠟燭《ろうそく》を灯《とも》す。

飾り蠟燭は一晩燃え続け、朝には消える。昇魂日用の華《はな》やかな飾り蠟燭は、昇魂日が近づくと街のあちこちで売られている。これも冬の名物で、ルイストンには昇魂日の前日、蠟燭市が西の広場の一角に現れるほど。

そして砂糖菓子は三日間聖堂周囲に飾られた後に、国教会の教父たちが集めて処分する。昇魂日が過ぎると、その年に亡くなった人の魂は天国へ行き、もう二度と地上には帰ってこないという。

今年の昇魂日は、十五年アンを慈《いつく》しみ育ててくれたエマを、永遠に天国へ送り出す日だ。

そのことにアンは、どうしようもないやるせなさを感じる。人に魂があるとするならば、まだエマの魂は、アンの周りにいてくれるような気がしていた。しかし昇魂日を過ぎると、エマは本当にアンの周囲から消えてしまうのだろう。

目の前にある、薄《うす》ピンク色の薔薇《ばら》の花を束にした砂糖菓子。

エマは、銀砂糖師だった。花のモチーフが大好きで、よく作っていた。特に薔薇の花の作り方にはうるさかった。

アンが見よう見まねで薔薇を作っても、「花の丸みが足りないね。可愛《かわい》くないわよ。ママの薔薇のほうが断然可愛いでしょ」と、いつも笑って注意した。

それが悔《くや》しくて、隠《かく》れて薔薇を作る練習をしていた。それでも目ざといエマに見つかって、「あら、可愛くないわねぇ」と、にやにやしながら言われたりして、ふくれっ面《つら》になったことは一度や二度じゃない。

「この薔薇、可愛い？」

訊くと、シャルはじっと砂糖菓子を見て、素っ気なく応《こた》えた。

「ああ」

「本当に、可愛いかな？　馬鹿にされないかな？」

アンも椅子《いす》に座ると、テーブルに両肘《りょうひじ》をついて両掌で顎《あご》を支えて、砂糖菓子を見つめる。

「誰《だれ》に馬鹿にされる？」

「ママに」

そう答えると、急にぐっと胸を押されるような切なさがわきあがってきた。

シャルもミスリルも、一緒《いっしょ》にいてくれる。けして寂《さみ》しくはない。

けれどだからと言って、エマがいなくていいというわけではない。誰かがいてくれるから、その人が必要なくなるということはない。

エマは、エマで。その人の不在が、どうしようもなく哀《かな》しい。

──この薔薇、可愛い？

そう訊いてみたいのは、エマにだった。


「……シャ……シャル・フェン・シャル。……た、助け、ろ」

「二日酔《よ》いを治す方法は知らん」

翌日の朝。

ミスリルは呻《うめ》きながら目を覚ました。そしてベッドに腰《こし》かけていたシャルの上衣《うわぎ》を握《にぎ》りしめ、息も絶え絶えに訴《うった》えた。

アンは西の市場に出かけていた。ミスリルは二日酔いで苦しむはずだから、口当たりのいいものを買ってくると言って、出ていったのだ。

「自業自得《じごう》だ。苦しめ」

シャルはアンのように、ミスリルを甘やかす気はなかった。

「こ、この……薄情者《はくじょう》……おまえの上衣に、吐《は》いてやる」

「首根っこつかまえて、振《ふ》り回すぞ」

シャルはミスリルの手から上衣の端《はし》を引ったくると、立ちあがり窓を開けた。

今日は快晴だ。積もった雪に、陽《ひ》の光が反射して、硝子《ガラス》の破片《はへん》を撒《ま》いたようにきらきらしていた。

開いた窓から、冬の乾《かわ》いた冷たい空気が、部屋の中に流れこんだ。シャルはそのまま片足を窓枠《まどわく》にあげて座った。

空気の気持ちよさに、ミスリルは気分が良くなったらしい。しばらくすると、のそのそとベッドから這《は》い出し窓枠によじ登った。窓枠に腰を下ろしたシャルの足を、じゃまくさそうに避《よ》けてから、ミスリルも窓枠にちょんと座った。

「なぁ、シャル・フェン・シャル。俺様、昨日はお昼からずっと酔っぱらってたから、なんにも分かんないんだけど。昨日の夜とかアンの様子は、どうだった？」

「どう、とは？」

「アンは、昇魂日の砂糖菓子を作り始めてから、どんどん元気がなくなってる。昨日砂糖菓子を完成させるって言ってたから。俺様、気を遣《つか》って一階の酒場に下りてたんだけど」

「気を遣って飲んだようには思えないがな」

「ううう、うるさい！　最初は本当に、アンの邪魔《じゃま》にならないようにしようと思って、酒場に下りて温めたワインを飲んだんだ！　でも、一杯《いっぱい》が二杯《はい》になって、二杯が三杯《ばい》……？　いや、そんなことはどうでもいい！　とにかく、アンの様子だ。どうだったんだ？」

亡くなった母親のための砂糖菓子作りを始めてから、確かにアンは、元気がない。シャルも気がついていた。しかしそれは、当然のことだろう。

母親のために砂糖菓子を作っていれば、いやでも思い出が甦《よみがえ》る。

思い出に痛みを覚えるのは、日が浅いほどつらい。百年前の思い出でさえ、シャルの胸にはまだ痛い。

アンは母親が亡くなって、まだ四ヶ月あまりしか経《た》っていないと聞く。

胸の痛みは、生々しいはずだ。

「砂糖菓子は完成させた。普通《ふつう》だ」

それを聞くと、ミスリルは心配そうな顔になる。

「普通……かぁ。ま、陽気にはならないよな。俺様、アンには笑ってて欲しいんだけどな」

しかしすぐにミスリルはぱっと顔をあげて、拳《こぶし》を握った。

「よっし、やっぱり。これしかない」

またミスリルが余計なことを始める気かと、シャルは眉根《まゆね》を寄せた。ミスリルはシャルの表情など気にした様子もなく、嬉《うれ》しそうにシャルを見あげる。

「俺様、昨日一階で、いい噂《うわさ》を聞いたんだ。アンのために、俺様は一肌《ひとはだ》脱《ぬ》ぐぞ！」

「脱ぐな。たいがいおまえのやることは、迷惑《めいわく》だ」

「なんだとぉ！」

ミスリルが肩《かた》を怒《いか》らせて立ちあがるのと、部屋の出入り口の扉《とびら》が開くのが同時だった。

「ただいま」

冷たい風にさらされて、頬《ほお》を真っ赤にしたアンが入ってきた。窓辺にいる二人を見て、ちょっと身震《みぶる》いする。

「二人とも寒くない……と、そうか。寒くないのよね。二人は」

言いながら手に持っていた籐《とう》の籠《かご》をテーブルに置き、中から干した果物と素焼《すや》きのミルク瓶《びん》を取り出す。

「干した果物買ってきたから、これを山羊《やぎ》のミルクと一緒に煮《に》て食べようね。女将《おかみ》さんに、厨《ちゅう》房貸《ぼう》してもらう約束したから」

「なあ、アン」

ミスリルに呼ばれて、アンはこちらに顔を向けた。

「なに？」

「俺様、昨日一階で、すごい話を聞いたんだ。今、南の広場にいろんな見世物小屋がかかってるの、知ってるか？」

「あ、うん。女将さんから聞いたよ。馬の曲芸一座とか、ナイフ投げとか。とにかく北の方から来た見世物の一座がいっぱいいるって」

「その中にさ、妙《みょう》な占《うらな》いみたいなものをする連中がいるらしいんだ。死んだ人を呼び出して、死んだ人と話をさせてくれるっていう妖精《ようせい》を使って、稼《かせ》いでるって」

「え……？」

アンが、きょとんとした。

――やはり、余計なことを。

シャルはミスリルを、はたき倒《たお》したくなった。

亡《な》くなった人に会いたい、亡くなった人と話がしたい。それは亡くした人が大切であればあるほど、切実な願いだ。

だがそれは一方で、危険なことだ。

その人は死んでも、一緒にいる。

そう思うことは、一時は、ある種の慰《なぐさ》めになるかもしれない。が、現実にその人の不在を実感する生活の中で、寂しさはいやがうえにも増す。

声も聞こえず、話も出来ず、姿もない。

それでも幸せを感じられるほど、生き物の心は強くない。

いっそう、苦しくなることもある。

「死んだ人と話が出来るのは、その人が死んだ年の、昇魂日《ブル・ソウル・デイ》までなんだってさ。それを過ぎると、みんな天国へ行っちゃうから、話は出来なくなるって。昇魂日まで、あと二日だろう？　アンがもし、お母さんと話がしたいんだったらさ、明日行けば間に合うんだ。話したいなら、行こうぜ。その見世物小屋」

「ママと話が、出来るの？」

不安と戸惑《とまど》いが一緒になったような顔で、アンは問い返した。

「うん、出来るって」

シャルは軽くため息をついて、窓の外に視線を向けた。

「シャル。どう思う？　それって」

シャルほど明確ではないにしろ、死者との会話に、漠然《ばくぜん》とした恐《おそ》れを感じるのだろう。確認《かくにん》するように訊《き》いてきた。

「インチキだ」

断言した。本物だろうが偽物《にせもの》だろうが、行くべきではない。

「インチキじゃないぞ！　昨日酒場で会ったじいさんは、感動して泣いてたぞ！」

「黙《だま》れ。ミスリル・リッド・ポッド」

低い声で脅《おど》した。ミスリル・リッド・ポッド」

低い声で脅《おど》した。シャルの本気を感じたのか、ミスリルはぎょっとしたような顔をして、口を閉じた。そして呟《つぶや》く。

「なんでだ？　会えない人に会えるのは、すごいことじゃないか。元気になれることじゃないか……」

その考え方も否定はしない。しかしアンの気持ちが、どう転ぶか分からない。彼女の心が、これ以上かき乱されるのはさけたかった。

「ありがとう、ミスリル・リッド・ポッド。それ、考えてみる」

買ってきたばかりの干した果物を手で弄《もてあそ》びながら、アンは笑顔《えがお》で答えた。


——ママと、話が出来る。

それはとても嬉しかったが、同時にとても怖《こわ》かった。

エマと話が出来たら、嬉しくて嬉しくて、泣いてしまうかもしれない。

けれど別れの時が来たら、もう一度エマを失う苦しみを体験するのかもしれない。自分は泣き叫《さけ》んで、いかないで欲しいと懇願《こんがん》して、どうしようもなくなるかもしれない。

目の前の竈《かまど》の上には小鍋《こなべ》がかけられ、中ではくつくつと山羊のミルクが煮立《にた》っていた。

風見鶏亭の一階にある、厨房だった。

今はお昼と夕方の間の、客が来ない時間帯だ。その空き時間、厨房を貸してもらい、アンはミスリルのために軽い夕食を作ろうとしていた。

――ママに会いたい。

煮立ったのを見計らって、干した果物を数種類、粗《あら》く刻んで山羊のミルクの中に入れた。木の柄杓《ひしゃく》でかき回す。

「珍《めずら》しく、美味《うま》そうな香《かお》りだ」

突然《とつぜん》背後から声をかけられ、アンは飛びあがるほど驚《おどろ》いた。シャルがいつのまにか、アンの背後に立っていた。

「びっくりした！　なんでいつも気配を消して来るの」

「おまえがいつも、ぼんやりしているだけだ。普通に来た」

「悪かったわね。いつも、ぼんやりしてて。しかも何気なく失礼なこと言ってなかった？　珍しく美味《おい》しそうだとかなんとか」

「砂糖菓子《がし》の味以外は、分からない。ただ香りがいいと、食べたくなる。おまえの料理はたいがい、それほどいい香りはしない。けれどこれは、いい香りだ」

「シャルが分からないだけで、味はいいのよっ！……多分……」

弱気な反論に、シャルはくすっと笑った。アンは小鍋の中をかき回しながら、ブツブツ言う。

「ママだって、美味しいって言ってくれてたもの。まあ……時々だけど」

そこでアンは、小鍋をかき混ぜる手を止めた。くつくつと煮立って、山羊のミルクの中で躍《おど》る果物の破片《はへん》を見つめながら、ぽつりと訊いた。

「ねぇ、死んだ人と話が出来るって、本当かな」

「言ったはずだ。インチキだ」

「そうだよね。でもね、もしかしてよ。もし本当に話が出来るんだとして、明日がその最後のチャンスだったら、行ってみたいと思うのは馬鹿《ばか》なことかな？　インチキなら、インチキでいいの。それなら、インチキにひっかかったねって、笑って帰れるから」

訊いた途端《とたん》に瞳《ひとみ》の表面が、じわりと熱くなる。自分が思わず発した問いで、自分の気持ちが理解できた。

——余計につらい思いをすると、分かってるのに。結局わたし、ママに会いたいんじゃない。

感傷的な自分が恥《は》ずかしくなり、泣くのはまずいと思った。けれどどうやればこの瞳の熱が冷めるのか、分からなかった。顔を覆《おお》ったり、目をこすったりしたら、泣きかけているのがばれてしまう。

瞬《まばた》きしても涙《なみだ》がこぼれそうだったので、瞬きを我慢《がまん》して動けなくなった。

どうせシャルは、容赦《ようしゃ》なく馬鹿にすると思った。アンの言葉を聞くと、シャルは長いため息をついたからだ。

しばらく、くつくつとミルクが煮える音だけが響《ひび》いていた。

「おまえは行きたいか？」

意外にも、静かな、いたわりさえ感じる穏《おだ》やかな声でシャルが訊いた。

アンはこくりと頷《うなず》いた。

シャルの両手が、背後からアンの頬《ほお》を包むようにそっと触《ふ》れた。

そして頭のてっぺんあたりの髪《かみ》に、温かな吐息《といき》を感じた。

「おまえが行きたいと思うなら、行け。どんな思いをしても、それはおまえの責任だ。けれどそれで、なにかが変わるわけじゃない」

突《つ》き放されたのではない。それは、優《やさ》しい口調で分かった。

自分の責任で、自分の思いを受け止めるのはアンがしなくてはならないことだ。けれど傍《かたわ》らには、変わらずシャルやミスリルがいる。そう言ってくれたのだと感じた。

再び、アンは頷いた。

——ママに訊きたい。わたしの薔薇《ばら》は、可愛《かわい》い？　って。

王城の正門へ向けて、南から北へ。凱旋《がいせん》通りと名づけられた幅広《はばびろ》の通りが、まっすぐのびている。凱旋通りの終着点が王城の正門だとすると、始まりがルイストンの街を囲む城壁《じょうへき》。その城壁と王城正門のちょうど中間あたりで、凱旋通りは木の幹に出来た瘤《こぶ》のように、円形にふくらんでいた。そのふくらみが南の広場と呼ばれる場所だった。

広場の周囲には市場もあるが、規模は西の市場ほどではない。

南の広場には、流れ者の大道芸人や見世物小屋が集まる。

観客を当てこんだワイン売りや軽食売りが露店《ろてん》を出しており、華《はな》やかな盛り場といった雰囲気《ふんいき》がある。

生活に直結した西の市場や、その周囲のごみごみした街並みとは趣《おもむき》が違《ちが》う。

「なに、これ。すごい行列」

南の広場の最も南寄りに立てられているのは、人が四、五人入れば一杯《いっぱい》になりそうな、こぢんまりしたとんがり屋根のテントだ。その出入り口に椅子《いす》を引っ張り出して、老婆《ろうば》が一人座っている。老婆は中に入る客から金を受け取り、一人ずつ順番に入れている。

見世物小屋というよりは、占《うらな》い師《し》のテントといった感じだ。しかしその小さなテントには、どこの見世物小屋よりも、長い行列が出来ていた。

広場が最も賑《にぎ》わう正午には、まだまだ時間が早い。にもかかわらず、この行列とは。たいした人気ぶりだった。

「これだけ流行《はや》ってるってことは、本物に間違《まちが》いないぞ、アン」

行列の最後尾《さいこうび》に並ぶと、ミスリルは上機嫌《じょうきげん》で、アンの肩《かた》の上でうきうきと行列を見わたす。

すると一緒《いっしょ》についてきてくれたシャルが、冷たく言った。

「おまえのような間抜《まぬ》けがいるから、この連中がもうかるんだな」

「間抜けとはなんだ!?　おまえは素直《すなお》に信じようと思わないのか？　おまえに足りないのは、可愛げと素直さだ！」

「可愛くて素直になると間抜けになるなら、足りなくてさいわいだ」

「それが可愛くないんだっ！」

口げんかを始めた妖精《ようせい》たちが気にならないほど、アンはドキドキしていた。

──本当にママと話が出来るのかな。

一歩ずつ一歩ずつ、列が進むたびに気持ちが乱れた。

──それとも、インチキ？

寒い中、かなりの時間待っていたので、足先が冷たくて仕方なかった。

けれども、この列を離《はな》れようという気は起きなかった。

──もしママと話が出来たら、わたし、どうなるのかな？

隣《となり》に立つシャルの上衣《うわぎ》の裾《すそ》を、アンは無意識に握《にぎ》りしめていた。シャルはちらりとそれを見たが、何も言わなかった。

ようやくアンがテントの前にたどり着いた頃《ころ》には、お昼を過ぎていた。

老婆はアンたちを見ると、自分の持っている木の札を指さした。そこには『一人につき一人のみ。お代八十バイン』と木炭か何かで書いてある。

「一人につき、一人の死者しか呼び出さないよ。一人のお代は、八十バイン」

「この二人は付き添《そ》いなの。わたし一人だから、八十バイン。いい？」

中流の宿屋の、一泊《いっぱく》分くらいの料金だ。高額だったが、ためらいはなかった。

老婆の掌《てのひら》に金を落とすと、老婆はテント越《ご》しに中に呼びかけた。

「三人入るよ。けど、呼ぶのは一人だけだ」

「はい」

涼《すず》やかな声が応《こた》える。

「入りな」

老婆がぞんざいに顎《あご》をしゃくる。

アンは、テントの出入り口にたらされた布をまくり上げて、シャルとミスリルとともに中に入った。

テントの中は、炭を入れた小さなストーブが置かれていて暖かかった。天井《てんじょう》部分に換気《かんき》口があり、空気はちゃんと循環《じゅんかん》されている。わりに気を遣《つか》ってあるらしい。

テント中央に、粗末《そまつ》な机が一つある。その向こう側に、線の細い女性の妖精が座っている。薄《うす》いピンク色のふわふわした髪が、顔のまわりに躍っている。

机をはさんで彼女と向かい合うように、椅子が一つ置かれていた。

妖精はシャルを見て、目を丸くする。

「まあ、お綺麗《きれい》な方。でも呼ぶのは、あなたの知り合いでは、ないですよね」

「わたしです」

アンが言うと、妖精は微笑《ほほえ》んだ。

「どうぞ、そこにおかけになってください。どなたをお呼びしますか？」

椅子に腰《こし》かけて、アンは戸惑《とまど》った。

こんなところに座って、目の前にいるおとなしそうな妖精の女性に、死者を呼び出してくれとお願いする自分が、あさはかな気がする。シャルが言ったように、こんな場所に、死者がひょっこり顔を出すとは思えない。

急に、そんな現実味がわく。

「え、と。あの。わたしの母親なんですけど。エマ・ハルフォード」

しかしここまで来て、お金を払《はら》ったからには仕方ない。

とりあえず、頼《たの》んでみることにした。

「エマ・ハルフォード」

妖精は呟《つぶや》くと、ゆっくりと目を閉じた。

と、突然《とつぜん》。ばたりと机に突っ伏《ぷ》した。

「えっ」

急病かと、アンがあわてて立ちあがると、妖精はむくりと起きあがった。

「よく来てくれたっ」

妖精はいきなり机から身を乗り出すと、がしっとアンの両手を、両手で握りしめた。

「は、はい？」

「母さんは、あんたのことが心配で心配で、夜も眠《ねむ》れなかったんだよぉ。会えて嬉《うれ》しいよ」

妖精の目に、うるうると涙が盛りあがる。

――これ、ママ？

エマとは口調が違う気もするし、死んだ人間が夜も寝《ね》るのかとか、いろいろ疑問はあった。

が、とりあえず訊《き》いてみる。

「ママ？」

「そうだよぉぉぉぉ」

どっと涙《なみだ》を流すので、アンもつられて、なんとなく目が潤《うる》む。

「元気だったかい？　ちゃんとやってるのかい？」

「うん。安心して。今はお金もあるし、生活にも困ってない。友だちもいるし、寂《さみ》しくない」

そう告げて、アンはふと、今の自分はエマが心配しなくても大丈夫《だいじょうぶ》なほど、恵《めぐ》まれているのだと感じた。

「うんうん。知ってるよ。死んだ人間には、なんでもよく見えるからね。あんた幸せ者だ」

妖精の口調に微妙《びみょう》な違和感《いわかん》をぬぐえないでいたが、それでも訊いてみた。

「ママ。ママがよく、わたしの作ったお菓子《かし》を、からかってたじゃない？」

「ああ」

「昨日、出来たの。知ってる？」

「知ってるよ」

「あれ、どう思う？　ママ」

「いいよ、いいよ。上手に出来てる。ほんとうに、美味《おい》しそうだよ」

「え？」

砂糖菓子《がし》が美味しそうなんて、エマは言ったことがない。砂糖菓子の形の味を感じる妖精ならともかく、人間にとって砂糖菓子は、銀砂糖の味以外のなにものでもないのだから。

アンの反応に、妖精は一瞬《いっしゅん》、しまったといった表情になった。そして、

「ああ、もちろん。あんたがあの味に満足してないことは、わかるよ、うん。でもあたしゃ、美味しいと思うね。うん」

弁解するように付け加えた。

アンの滲《にじ》みかけた涙が、さっとひっこむ。

――これって、やっぱり……。

アンは椅子に座りなおすと、一呼吸置いて訊いた。

「ママ。本当に美味しそうだと思う？　わたしの作った、ケーキ」

「ああ。絶品だよ！　あんたは料理の天才だ！　間違いない。将来はもしかして、料理人じゃないかい」

「はははは……料理人……」

乾《かわ》いたアンの笑いに、妖精はすこし引きつった顔で、はははとあわせて笑う。

「ところで。娘《むすめ》の名前くらい、呼んだらどうだ？」

冷ややかな表情で二人のやりとりを見ていたシャルが、背後から言った。妖精はあからさまに、ぎょっとした顔になる。

「へ……な、名前？」

その顔がおかしくて、アンは思わず、笑いだしそうになるのをこらえた。

「そいつは、名前で呼ばれると喜ぶぞ」

「え、え～と。そ、それは……そうだ！　死者の世界の決まり事で、呼べないことになってます」

妖精《ようせい》は突然アンの手を放すと、言いはなった。

「便利な決まりだな」

あまりの馬鹿《ばか》馬鹿しさにだろう。シャルはふっと笑った。

アンもくすくす笑いだした。

肩《かた》の上のミスリルはようやく、「もしかして……」と、呟いていた。

こんな場所に来て、大金を払って。こんな茶番を見るのはなんとも滑稽《こっけい》だった。しかし腹は立たなかったし、自己嫌悪《けんお》もなかった。

――なに考えてたんだろ、わたし。

憑《つ》き物が落ちたように、心が軽くなった。

今更《いまさら》、エマに自分の作った砂糖菓子の感想を訊きたいなんてなぜ思ったのか。

馬鹿にされたとしても、ほめられたとしても、なんにもならない。

それよりも、シャルやミスリルにほめてもらったほうが嬉しい。今、自分でもこの妖精に向かって話したではないか。「友だちもいるし、寂しくない」と。その友だちにほめてもらって、喜んでもらうほうが、ずっと素敵《すてき》なことだ。

エマがいないのは寂しいけれど、それはアンが乗り越《こ》えなくてはならないことだ。そしてそれを乗り越えるのに充分《じゅうぶん》な幸せを、今、手にしている。

――ママは、もういない。

そのことが、なんの抵抗《ていこう》もなくすとんと心におさまった。

「決まりは、決まりです！」

開き直ったらしく、妖精は堂々としたものだ。胸を反らす。

「そうですよね。ありがとうございました。もう、いいです」

立ちあがると、妖精はきょとんとした。

「え、もう、いいの？　もうすこし粘《ねば》るかと思ったけど」

「うん。いい。あ、もうママじゃなくなった？　ママ、帰ったんですか？」

問われて妖精ははっとしたように、自分の口もとを押さえた。アンは苦笑《くしょう》して、妖精に向かって手を振《ふ》った。

「ありがとうございます。それなりに、ためになったから」

妖精に背を向けたアンの肩の上で、ミスリルががくっと項垂《うなだ》れていた。

「……インチキか……」

「でもわたし、ほんとうに、来てよかったと思う。ありがとう」

テントの出入り口の布を潜《くぐ》りながら、アンは微笑んだ。

「どうしてだ？」

「なんだか、すっきりしたから。あなたのおかげよ、ミスリル・リッド・ポッド」

アンはテントの外に出ると、出入り口をふり返った。

「あれ？」

続いて出てくると思っていたシャルが、出てこない。

「シャル？」

呼ぼうと思い、テントの出入り口の布に手をかけると、その手を、出入り口に座る老婆《ろうば》がピシリと叩《たた》いた。

「一回テントを出た客は、もう中に入れないよ」

「でも、中に連れが残ってるんです」

「すぐに出てくるさ。この狭《せま》いテントから、煙《けむり》みたいに消えるわけじゃなし」

「でも」

「うるさい小娘《こむすめ》だね。すぐに出てくるよ。時々あることさ、心配するんじゃないよ」

老婆はむっつりとして、口を閉じた。

次の順番を待つ客が、

「まだかい」

と苛立《いらだ》ったように問うが、老婆はふんと鼻を鳴らし、

「いやなら帰りな」

と、愛想《あいそ》なく答えた。

アンは困惑《こんわく》して、しばしその場に立ちつくすしかなかった。シャルならば、まさか滅多《めった》なこ

とにはならないだろう。中から、低い話し声が聞こえるが、なにを言っているかまでは聞き取れない。


アンに続いてきびすを返そうとしたシャルの手を、ふいに妖精が摑《つか》んだ。じろりと睨《にら》むと、にっと笑い返してきた。

「綺麗《きれい》な妖精さん。せっかくだから、すこし話をしましょうよ」

低い声で囁《ささや》いてきた。その手を振り払《はら》い、出ていったアンをすぐに追わなかったのは、その妖精の表情や口調が、今までとはがらりと変わっていたからだ。

——これは、なんだ？

妖精からは、妙《みょう》なわざとらしさが感じられない。なのに、見かけと中身がちぐはぐな印象がある。

不思議に感じ、思わず足を止めた。妖精に向きあうと、妖精はにこにこした。

「あの子、よろしくね」

いきなり妖精は、そう言った。

シャルは眉《まゆ》をひそめて、目の前の妖精を見つめた。

「誰《だれ》だ？」

「今出ていった、あの子のことよ。よろしくね。甘ったれだけど」

「俺が訊《き》いたのは、おまえが誰かということだ」

するとと妖精は肩をすくめた。

「みての通りよ。妖精」

「その妖精の中に、今、入りこんでいる、おまえの名前は？」

「そんなの、どうでもいいんじゃない？」

シャルの問いを、妖精は否定しなかった。

──まさか。

驚《おどろ》きに、シャルは二の句が継《つ》げなくなる。妖精は悪戯《いたずら》っぽい表情で、じいっとシャルの顔を見あげる。

「綺麗ねぇ。うん、ほんとうに綺麗。作ってみたくなるわね。あなたの羽や、瞳《ひとみ》や、そんなもの。あの子には、まだまだ無理かもしれないけど。でも」

妖精は片目をつぶった。

「あの薔薇《ばら》は、可愛《かわい》いわ」

そう言った途端《とたん》、妖精の顔からふっと表情が消えた。そしていきなり、気を失ってがくりと膝《ひざ》を折った。危《あや》うく地面に倒《たお》れそうになるのを、シャルが抱《だ》きとめた。妖精は完全に意識を失って、ぐったりと目を閉じていた。

――あれは……。

しばらくシャルは、気を失った妖精を抱《だ》いていた。しかし目を覚ます気配がない。仕方ないので椅子《いす》に座らせると、テントを出た。

「シャル！」

テントを出ると、心配顔のアンが駆《か》け寄ってきた。

「どうしたの？　すぐに出てこないから、心配してたの。なにかあったの？」

テントの出入り口に座る老婆が、ちらりとシャルを見た。何か言いたげだったが、老婆はすぐに視線をそらした。

しばらく迷って、シャルは告げた。

「なにもない」

「でも、なんですぐに出てこなかったの」

「さっきの顚末《てんまつ》の噂《うわさ》がひろまると商売が出来なくなるから、黙《だま》っていてくれと口止めされた。それだけだ」

「そっか。そりゃ心配よね。でもわたし、言いふらしたりしないし、心配することないのにね」

一応納得《なっとく》したらしく、アンはほっとしたようだった。

「じゃ、帰ろう。帰り道に、飾《かざ》り蠟燭《ろうそく》を買って帰らなくちゃ。今日は蠟燭市がたってるから、寄っていこうよ。きっと賑《にぎ》やかで楽しいよ！」

アンは、吹《ふ》っ切れたような笑顔《えがお》で言った。


新月の夜。

雲のない空から冷たい空気が街に降り、ルイストンは吐息《といき》も凍《こお》るほどの寒さになった。

日が暮れると、意匠《いしょう》を凝《こ》らした飾り蠟燭と砂糖菓子《がし》を持った人たちが、あちこちの家の戸口から出てきた。

ルイストンといえども、冬の夜は出歩く人の姿もまばらで、閑散《かんさん》としているものだ。

しかし今夜ばかりは、人通りも多く、街路には温めたワインを売る露店《ろてん》が出ていた。薄暗《うすぐら》い街路の、あちらにぽつり、こちらにぽつりと、人を招くように露店のランプが灯《とも》る。

聖ルイストンベル教会の聖堂周囲には、たくさんの砂糖菓子が並べられていた。昼間に教父たちが整えた、雪を踏《ふ》み固めた平たい場所に、花や妖精《ようせい》、美女や馬。小さな家や、蝶《ちょう》や猫《ねこ》。あらゆるモチーフの砂糖菓子が、所狭《ところせま》しと並べられていた。

アンは自分の作った薔薇の砂糖菓子を、聖堂の右手の脇《わき》に置いた。

一度聖堂に入り、飾り蠟燭に火を灯した。そして蠟燭立てに飾り蠟燭を立てる。

その後、礼拝をすまして聖堂を出た。

ミスリルとシャルは、聖堂の出入り口の階段で待っていた。

シャルの肩《かた》に乗ったミスリルは、そわそわしている。アンの顔を見るやいなや、甘えるように言った。

「なぁ、アン。あれ、見ろよ、な。露店がいっぱい出てるな。いい香《かお》りだよな。アン、寒くないか？　温めたワイン飲むと、温まるぞ」

アンは苦笑《くしよう》した。

「うん。寒い。わたしも飲みたいな、温かいワイン。ミスリル・リッド・ポッド。買ってきてくれる？　わたしとシャルと、あなたの分」

アンはきっちり、三杯《ばい》分の代金を防寒着のポケットから出すと、ミスリルに差しだした。ミスリルはぱっと笑顔になり、銅貨を抱《かか》え、シャルの肩から飛び降りた。

「おう、行ってくる！　あそこの、軒下《のきした》あたりで待っててくれよな。すぐ帰ってくるから」

ぴょんぴょんと嬉《うれ》しげに跳《は》ねながら、ミスリルが露店へ行くのを見送って、シャルが呆《あき》れたように言う。

「また酔《よ》わせる気か？　あの馬鹿《ばか》を」

「一杯《いっぱい》だけよ。お祭りの夜に好物を我慢《がまん》するなんて、哀《かな》しいじゃない」

「あいかわらず、甘いな」

しかしそれ以上シャルは何も言わず、二人は聖堂からすこし離《はな》れたところに建つ、毛織物問屋の倉庫らしき建物の軒下に移動した。

見あげると、空一面に、鋭《するど》い星の輝《かがや》きが散っていた。

「綺麗」

吐《は》く息が白い。自分が吐き出す、規則的な白い息の向こうに星を見ながら、アンは呟《つぶや》いた。

「天国って、どこにあるのかな？　あの星のもっと上？　けど、天国なんてあるのかな。そもそも、人の魂《たましい》なんてあるのかな」

答えを期待したわけではなかった。ただ、単純に疑問に思ったので、口にしてみたかった。

しばらくの沈黙《ちんもく》の後だった。

「ある」

確信にみちて、シャルが答えた。

アンは驚いて、シャルを見あげる。

「あるって、天国？」

「人間の宗教でいうところの、天国は知らない。妖精の信じている、天国のような場所も、あるかどうかなんて知らない」

「じゃ、なにがあるの？」

「魂」

「なんで、そう思うの？」

「さあな。けれど、あるはずだ」

なぜシャルが、魂があるなんて言いだしたのかは、分からなかった。けれど彼が口にする言葉は、本当のような気がするのが不思議だった。

もし魂が本当にあるのならば、エマの魂は今夜、永遠に地上を離れるのかもしれない。けれどそれでいいと思えた。永遠の別れは寂《さみ》しくて、胸が痛い。けれどそれでも、わずかに微笑《ほほえ》んでいられる気がした。

──心配しないで。大丈夫《だいじょうぶ》よ、ママ。わたしには、友だちがいる。

そう言って、手を振《ふ》ることは出来るだろう。

星空を見あげながら、アンは思い出した。昔、教会の日曜学校で、教父が語った昇魂日《ブル・ソウル・デイ》の意味だ。

昇魂日は、死者の魂を弔《とむら》うためにある。

「けれどもう一つ、別の意味があります」

若く優《やさ》しい教父は、内緒話《ないしょばなし》をするように子供たちに言ったのだ。

「昇魂日は、残された者のためにあるんですよ。残された者が、いつまでも哀しみに縛《しば》られないため、愛する人の死を受けいれ、哀しみを吹っ切るためにあるんです。考えてみなさい。大好きな人がいつまでもぐすぐす泣いていたら、死んだ人も哀しいでしょう？　だからもし、大事な人との別れがいつか来たときは、いっぱい哀しんだ後に、昇魂日を迎《むか》えればいいんです」

子供の頃《ころ》には分からなかった言葉の意味が、やっと理解出来るようになっていた。

アンは呟いた。

「わたしの砂糖菓子を見て、最後の最後までママは馬鹿にしそうだな。あいかわらず、可愛《かわい》くない薔薇ねって」

するとシャルは、ふっと笑った。

「どうかな」

「ぜったい、そうよ。ママはいつも、わたしの作ったものに、ものすごく楽しそうにだめ出しするんだもの」

防寒着を着ていたが、今夜の冷えこみは格別だった。ぶるっと震《ふる》えると、両手で肩を抱いて足踏《あしぶ》みした。

「寒い。温めたワイン、まだかな？」

「ミスリル・リッド・ポッドのように、酒をがぶ飲みする気か？」

訊《き》かれて、笑った。

「あの醜態《しゅうたい》を見たあとだから、自重する」

「賢明《けんめい》だ」

そのとき強い風が吹き抜《ぬ》けて、アンは首をすくめた。と、ふいにシャルがアンの腰《こし》に手を回すと、彼女の体をくるりと回転させ、建物の壁《かべ》ぎわに押しつけるようにした。えっと思う間もなく、アンは壁とシャルの間にはさまれていた。風から、アンを庇《かば》ってくれたのだと分かった。シャルの背後から吹きつける風に、彼の羽が軽く煽《あお》られ、アンの手や肩にさらさらと触《ふ》れた。途端《とたん》に、頬《ほお》や耳が熱くなる。寒さが一気に吹き飛び、鼓動《こどう》が、どきどきとはやくなる。温めたワインよりも、効果は絶大だった。

「買ってきたぞ！」

遠くからミスリルの元気な声がした。

ミスリルは二杯《はい》の温めたワインのカップを、木の盆《ぼん》に置いて、頭の上に載《の》せてこちらに歩いて来た。

「ほら、アン、シャル・フェン・シャル」

彼らの足もとに来ると、ミスリルはカップを取れと促《うなが》す。

「あれ、なんで二杯なの？」

アンとシャルが屈《かが》みこんでカップを受け取ると、ミスリルはにっこりした。

──もしかして、一昨日《おととい》の醜態を気にして、自重するつもりかな？

一瞬《いっしゅん》、気の毒になった。

が、ミスリルはにこにこ笑顔で、アンに向かって右手を差しだした。

「三杯も同時に運ぶとこぼしそうだったから、俺様の分は飲んできた！　だからアンたちとここで一緒《いっしょ》に飲む分がないから、金をくれ。この盆を返してくるついでに、もう一杯買ってくる」

目を丸くしたアンの横で、シャルが深いため息をついたのが聞こえた。

まったく悪びれず、にこにこ笑って手を差しだしているミスリルがおかしくて、アンはつい、笑いだしてしまった。

空気は体をしめつけるほどに冷たかった。だが満天の星は、ため息をさそうほどに美しい。

シャルへの10の質問

1 誕生日はいつですか？
リズから聞いたのは、12月25日。

2 趣味はなんですか？
アンを眺めている他に、面白いことはない。

3 好きな食べ物は？
砂糖菓子。

4 落ち着ける場所はどこですか？
アンのいる場所ならばどこでも。

5 好きな人を教えてください。
散々言ってる。今更言う必要はない。

6 今、一番欲しいものはなんですか？
アンとの時間。

7 これをされると怒る！　ということは？
アンにちょっかいを出されると腹が立つ。

8 これをされると嬉しい！　ということは？
……なにを言わせたいのか、だいたい読めてきた。
まあ、いい。アンが側にいれば嬉しい。これでいいか？

9 ご自分の好きな所を教えてください。
羽。好きというよりも大切なだけだが、アンは羽を綺麗だと言うからな。

10 夢はなんですか？
誰にも邪魔されない場所で、ゆっくりとアンと過ごしたい。

日と月の
密約

風見鶏亭は王都ルイストンの西の市場近くにある、アン馴染《なじ》みの庶民《しょみん》的な宿屋だ。手頃《てごろ》な料金と、うまい料理。朗《ほが》らかな女将《おかみ》さんが切り盛りしている。

部屋は小さく、木製の簡素なベッドが二台あるきり。けれど清潔で明るく、心地《ここち》いい。

シャルは風見鶏亭の部屋に入ると、すぐにベッドに横たわった。目を閉じ、軽く前髪《まえがみ》をかきあげながら深い息を吐《は》く。

気怠《けだる》げな表情と雰囲気《ふんいき》は、黒曜石の妖精《ようせい》をいつもよりもさらに妖《あや》しく魅力《みりょく》的にしている。

しかし今は、そんな美しさに見とれている場合ではなかった。アンは彼の様子が心配で仕方なかった。

「シャル。大丈夫《だいじょうぶ》？」

ベッドの脇《わき》にしゃがみ、顔色を見る。

「たいしたことはない」

しかしその声には、眠《ねむ》いのを我慢《がまん》している時のように強さがない。ベッドの上に流れる片羽も、ほとんど色がなく透《す》けている。

アンの肩《かた》の上に乗るミスリルも、眉《まゆ》をひそめた。そして、

「おい、シャル・フェン・シャル。温めたワインを飲むか？　元気が出ること、うけあいだぞ。

俺様がつきあってやる」

シャルのためか自分のためかわからない、微妙《びみょう》な提案をする。当然、

「いらん」

にべもなくシャルは断る。

「いや、いいっ！　わかってる！　遠慮《えんりょ》するな！　今から俺様が、温めたワインを持ってきてやる！」

そう言うミスリルの片羽はぴんとのび、そわそわと動く。そして嬉《うれ》しそうにぴょんと跳《は》ねると、部屋を飛びだしていった。

「また酔《よ》うぞ、あいつは」

温めたワインは冬の定番飲み物で、ミスリルの大好物だ。

「でも、昨日までミスリル・リッド・ポッドも頑張《がんば》ってたから。ちょっとくらいいいかも」

「ちょっと、ならな」

いつもならばここで、アンがミスリルを甘やかすことについて、ひと言ふた言嫌味《いやみ》を言いそうなものだ。だがシャルは億劫《おっくう》そうに口を閉じてしまった。

今日の昼、聖ルイストンベル教会で選品がおこなわれた。ペイジ工房《こうぼう》はそこで、新聖祭の砂糖菓子《がし》を作る役目に選ばれた。

危機に瀕《ひん》している工房が、再び勢いを盛り返すための絶好の機会を手に入れたのだ。できれ

ばすぐにでもミルズフィールドに帰り、長《おさ》のグレン・ペイジに報告したいところだった。

しかし選品のあと教父と打ち合わせをしていると、陽《ひ》がすっかり傾《かたむ》いていた。

夜に街道《かいどう》を移動するのは危険だ。

実際昨日の夜も、得体の知れない妖精に襲撃《しゅうげき》をされたのだ。

さいわいシャルが撃退《げきたい》してくれたが、そのかわり彼も傷を負った。傷口はふさがっているが、体から流れ出たエネルギーがかなりの量だったらしく、体調が良くない。

今夜の移動は無理だった。

そこでアンは、シャルとミスリル、ペイジ工房の職人たち四人、長代理のエリオットと一緒《いっしょ》に風見鶏亭に部屋を取ったのだ。

今夜はルイストンに宿泊《しゅくはく》し、明日の朝早くにミルズフィールドに向けて出発する手はずになっていた。

「シャル。なにか欲しいものない？」

こんなに弱っているシャルは、はじめてだ。心配のあまり、彼がベッドの上に投げ出している片方の手の甲《こう》に触《ふ》れた。

すると軽く閉じていたシャルの瞼《まぶた》が開き、アンを見てちらりと笑った。

「欲しければ、くれるのか？」

「うん」

「じゃあ、おまえ」

「へ？」

意味がわからず、きょとんとした。が、すぐに耳が熱くなる。彼に触れていた手が恥《は》ずかしくなり、引っこめた。

「シャル！　わたし本気で心配してるのに、からかわないで！」

真っ赤になって怒鳴《どな》ると、シャルはくすくすっとすこしだけ笑って再び目を閉じた。やはりいつもより元気がない。

どうにかして元気になってくれるような方法はないものだろうか。

人間ならば医者に診《み》せ、安静にして、栄養のあるものを食べればいいのだろうが、妖精の医者など聞いたことがない。

ミスリルが言うように、温めたワインで元気になるものでもないだろう。

――妖精が元気になるもの？

はっと思い出して、立ちあがった。

「そうだ！　シャル、待ってて！　いいもの持ってくる！」

「おまえ以外に？」

「だから！　そういう冗談《じょうだん》は心臓に悪いから！　とにかく待ってて」

赤くなりながらも言い置くと、部屋を出た。一階の酒場兼《けん》食堂へ向かうために、階段を下りる。

どうしてすぐに思いつかなかったのだろうか。妖精に力を与《あた》えるものは、砂糖菓子だ。それを思い出したことが嬉しかったし、自分がシャルのためにできることがあるのが嬉しかった。

一階の酒場兼食堂では、ペイジ工房の四人の職人と長代理のエリオット、そしてミスリルがテーブルについていた。そして他《ほか》に数人、職人風の若者たちが同じテーブルにいた。

若者たちは誰《だれ》だろうか。どこか、見覚えがある気がした。

いぶかしみながらもテーブルに向かった。すると真っ先にエリオットが、アンに気がついて手をあげた。

「アン。シャルの具合はどう？　ミスリル・リッド・ポッドの話だと、今にも事切れそうな感じだけど」

エリオットは、自分の隣《となり》のあいている椅子《いす》を引いてくれた。

椅子に座ると、見知らぬ若者たちが微笑《びしょう》しながら礼儀《れいぎ》正《ただ》しく会釈《えしゃく》する。

アンも会釈を返す。

それを見て、エリオットが言った。

「おっと、失礼。紹介《しょうかい》しなきゃね。この子がうちの職人頭《がしら》のアンだよ。アン、この連中はマーキュリー工房の職人だよ。今日の選品に参加してたろう」

言われてみると、確かに。選品の始まる直前、聖ルイストンベル教会で見た顔だった。

「アン・ハルフォードです」

改めて名乗ると、一番年上らしい青年が穏《おだ》やかに答えた。

「マーキュリー工房派本工房の職人です。僕は職人頭のグラント。他はテッド、ヘクター、ジェイミーです」

それぞれ職人たちは名前を呼ばれると、頭をさげる。

彼らは背筋を伸《の》ばして座り、上手にナイフとフォークを使って目の前の料理を口に運んでいる。とてもお行儀《ぎょうぎ》がいい。

それにひきかえ、ペイジ工房の長代理は足を組んで斜《なな》めに座っている。

ナディールは皿に顔を突《つ》っこむようにして、風見鶏亭名物の豆スープをがっついている。オーランドはいつものようにむっつりとして、皿にのる料理を親の敵《かたき》のように睨《にら》んでいる。キングはきつい酒を、嬉しそうにちびちび舐《な》めてはご満悦《まんえつ》だ。テーブルの上にいるミスリルも、にこにこしながら温めたワインのカップを抱《だ》いている。二人ともとても楽しそうなのは良いことだが、飲んべえの見本みたいな姿だ。

唯一《ゆいいつ》お行儀よく食事しているのはヴァレンタインだが、他の五人に囲まれていては、気の毒な感じがするばかりだ。

「で、アン？　シャルの具合は？」

もう一度エリオットに訊《き》かれ、アンは頷《うなず》いた。

「命にかかわるほどの怪我《けが》じゃなさそうだから、大丈夫《だいじょうぶ》です。けど、元気がないんです。弱っているのは確かみたいで。だから小さくてもいいから、砂糖菓子を作って、食べさせてあげられないかと思うんですけど」

「いいね、砂糖菓子！　作ってあげなよ」

ナディールが顔をあげた。

ミスリルも、ぽんと手を打った。

「砂糖菓子か。うん。なるほどなっ！　じゃ温めたワインは必要ないから、シャル・フェン・シャルのために注文しているもう一杯《いっぱい》は俺様がもらおう！」

「ワインはもともと、どうでもいいが……砂糖菓子はいい案だ」

オーランドが言うと、キングも頷く。

「そうだな」

「妖精《ようせい》は素晴《すば》らしい砂糖菓子を食べれば、寿命《じゅみょう》が延びますからね。怪我をした妖精に砂糖菓子を食べさせるのは、最善の治療《ちりょう》でしょう」

秀才《しゅうさい》で物知りのヴァレンタインも、うけあう。

そもそもシャルの怪我は、工房の職人たちやアンを守るために負ったのだ。それは職人たちもわかっていて、シャルの様子を気にしているらしい。

だがアンはため息をついた。

「でも、銀砂糖は持ってきてないでしょう？　どこかでわけてもらわなくちゃいけないから、コリンズさんにあてがないか聞きたくて」

するとエリオットは、組んだ足をぶらぶらさせながら気楽に言った。

「キースに頼《たの》んで、ラドクリフ工房《こうぼう》の銀砂糖をちょろまかしてきてもらう？」

「そんな方法じゃなくて……。まっとうな、あてを聞きたかったんですけど」

するとマーキュリー工房の職人頭グラントが、口を開いた。

「うちは銀砂糖の樽《たる》を持参してますよ。良ければ、すこしわけましょうか？」

「ほんとうですか」

身を乗り出したアンに、彼は頷き、立ちあがろうとした。

「ええ。おやすい御用《ごよう》ですよ。外の馬車に積んでありますから、一緒に……」

しかしそのグラントの肩《かた》を、誰かの手が背後から押さえた。

「待ちなさい。グラント」

いつのまに現れたのか。そこに立っていたのは、神経質そうな細面《ほそおもて》に片眼鏡をつけた男だ。アンも知っている顔だ。

男が静かに名乗る。

「昼間の選品で会ったはずだな、ペイジ工房の職人頭。改めて、僕はマーキュリー工房派の長代理キレーンだ」

マーキュリー工房派の長代理《おさ》ジョン・キレーン。

銀砂糖子爵《ししやく》ヒュー・マーキュリーの代理として派閥《はばつ》を仕切る切れ者で、以前エリオットをマーキュリー工房に引き抜《ぬ》こうとしたことがあるという。

「アン・ハルフォードです」

すこし緊張《きんちよう》しながら頭をさげる。

しかしエリオットのほうは緊張感《きんちようかん》のかけらもなく、愛嬌《あいきよう》のある垂れ目でへらへら笑う。

「飯も食わずにどこいってたの？　キレーン。女の子のところ？」

エリオットの軽口に、キレーンはじろりと彼を睨む。

「君と一緒《いつしよ》にしないで欲しいね。選品の結果を、長に報告に行っていたんだよ」

それから彼は、アンに視線を向けた。

「銀砂糖が必要らしいな。同業者のよしみだ。銀砂糖はゆずってもいい。けれどそれなりのお金は払《はら》ってもらう。特に今年は砂糖林檎《りんご》が凶作《きようさく》で、貴重だからな」

「なにも、樽ごとよこせと言ってるわけじゃないんですけど。がめついですね、代理」

グラントは肩をすくめて、席についた。

「黙《だま》っていろグラント。とにかく金は払ってもらう」

キレーンの言い分は当然のことなので、アンは頷いた。

「くみあげの器《うつわ》に二杯程度なら、いくらでゆずってもらえますか？」

「二杯で、四クレス」

「四クレス⁉」

思わず、おうむ返しにした。

くみあげの器一杯で、掌《てのひら》サイズの砂糖菓子《がし》が三つほどできる。通常そのサイズの砂糖菓子は十五バイン前後だ。手間賃を考えても、一杯の銀砂糖の値段は、いいところ三十バイン。質の良い銀砂糖でも、六十バインするかしないかだろう。

「四クレスは、高い」

オーランドが眉《まゆ》をひそめる。キングがむっとしたように、呟《つぶや》いた。

「足もと見てやがるな」

「そうですね。いくら凶作でも、通常の三倍以上はふっかけすぎでしょう」

ヴァレンタインも、いやな顔をする。

グラントが重ねて、呆《あき》れたように言う。

「代理って、どうしてそんなに意地悪なんです？」

部下に意地悪呼ばわりされても、キレーンはすましたものだ。

「世の中を甘く見られては困る」

「あいかわらずご立派だねぇ。キレーン」

エリオットが困ったように、苦笑《くしょう》する。

——どうしよう。お金がない。

アンは前フィラックス公から拝領した、千クレスを持っていた。だがそんな大金をおいそれと持ち歩けるはずもなく、ミルズフィールドに置いてきている。

今、手もとにお金はない。

エリオットが工房のお金を持参しているが、宿代の支払《しはら》いでぎりぎりだろう。

それでもシャルには、砂糖菓子をあげたかった。あの様子は、見ているアンがつらい。

——そうだ。

その時、ふと思いついた。アンは顔をあげ、キレーンをまっすぐ見た。

「キレーンさん。銀砂糖の前借りは、できますか?」

「前借り?」

「四クレス分の銀砂糖、器に二杯を前借りさせてください。それをお金に換《か》えて、前借り分の代金を支払って、残りのお金で、わけてもらえる分だけの銀砂糖を頂きたいんです」

その言葉に、エリオットが意外そうな顔をする。他《ほか》の職人たちは、一瞬《いっしゅん》ぽかんとする。が、すぐにアンの考えていることに気がついたらしく、互《たが》いに顔を見合わせて頷いた。

「ほぉ」

面白《おもしろ》そうに、キレーンの目が細くなる。

「君は器に二杯の銀砂糖を、四クレス以上のお金に換えることができるのか?」

改めて訊《き》かれると、不安がよぎる。

「それは……まあ……」

わずかに、答えにためらう。するとオーランドが、アンに向かって言った。

「職人頭《がしら》。あんたの、思ったとおりにできる。俺たちがいるんだ。シャルのことは、俺たちにも責任がある。任せろ」

その力強い言葉が嬉《うれ》しかった。

アンは彼の言葉に背中を押され、もう一度キレーンに向きなおった。

「やります」

「いいだろう」

キレーンは腕《うで》組《ぐ》みすると、すこし顎《あご》をあげた。

「グラント。食事はすんだな？　部屋に帰る前に、ペイジ工房に器二杯分の銀砂糖を渡《わた》せ」

ミスリルは案の定、酔《よ》っぱらってしまった。テーブルの上に大の字になり、気持ちよさそうに寝《ね》息《いき》を立てている。

マーキュリー工房の一団は、器に二杯《はい》分の銀砂糖を渡して、二階の部屋に引きあげた。

アンは宿屋の女将《おかみ》さんに許しをもらい、酒場兼《けん》食堂の奥のひとテーブルを借りた。そこに銀砂糖を練るための石の板や色粉の瓶《びん》、へらなどの道具類を並べた。それら道具類も、マーキュリー工房が貸してくれた。

「よし」

銀砂糖を見おろして、アンは腰《こし》に手をあてた。

「みんなそれぞれ、得意なものを作ろう。掌よりも、ちょっと小さなサイズで」

職人たちは冷水を入れた樽に手を浸《ひた》し、冷やしはじめる。

風見鶏亭の片隅《かたすみ》で始まった作業に、夕食や酒を求めてやってきた客たちは、興味津々《きょうみしんしん》で注目していた。

四クレスの銀砂糖を、四クレス以上のお金に換える。それには、銀砂糖を砂糖菓子に細工して売る以外にない。

風見鶏亭は、これから客が増える時間だ。そこで砂糖菓子を売るつもりだった。

普通《ふつう》に売っていては、四クレス以上の儲《もう》けにならない。酔客《すいきゃく》の興味をひき、通常よりも良い値で買っていいと思わせる工夫《くふう》が必要だった。

まず目の前で砂糖菓子を作ってみせることで、客の興味をひこうと考えた。

そして実物を見てもらい、気に入れば買ってもらう。さらに注文を聞き、客の目の前で作ることによって、満足度をあげようと考えていた。それならば通常よりも、価格に色をつけてくれるはずだ。

それほど、高値はつかないかもしれない。

だが、四クレスよりすこしでも多くの利益が出ればいいのだ。それで一握《ひとにぎ》りの銀砂糖しか手に入らなかったとしても、それを細工してシャルに渡すことができる。それだけでも妖精《ようせい》にとっては、かなり違《ちが》うはずだ。

銀砂糖に冷水を加え、職人とアンたちは練りはじめた。練りを始めると、客の二、三人が珍《めずら》しそうに近寄ってきた。

その人たちに向かって、アンはすこし大きな声で言った。

「今からここで、ペイジ工房《こうぼう》の職人たちが、砂糖菓子を作ります。ご希望があれば、お好きなものを作ります。ご覧になってください」

その声に、さらに数人が彼らのまわりに寄ってきた。そして職人たちの手つきを見て、感心したように言う。

「魔法《まほう》みたいだな。銀砂糖が、つやつやになってくるぞ」

砂糖菓子の作業場は神聖なもので、職人以外は砂糖菓子の製作過程をあまり目にしないものだ。酔客たちは物珍しさに、ちょっとした工程にも目をみはる。

「すごいもんだな」

それぞれの職人の手もとに、掌におさまるくらいの小さな銀砂糖のまとまりができる。

すると次には、各自が得意な形に細工を始めた。

オーランドは、獅子《しし》の細工。キングは可憐《かれん》で色彩《しきさい》豊かな花の細工。アンはそこでぐうぐう寝《ね》ているミスリルをモデルに、細工をする。

客たちの注目を最も浴びたのは、ナディールとヴァレンタインだった。

ナディールが針を使って、小指の先ほどの大きさで精緻《せいち》な動物を作り始めると、客たちが熱心に覗《のぞ》きこむ。

ヴァレンタインの正確な立方体にも、感心したような声があがる。

しかし。

エリオットだけは、彼らの近くに座って作業の様子を見ているだけだ。準備は手伝ってくれたのに、彼はいっこうに銀砂糖に手を触《ふ》れようとしない。

「エリオット。おまえも手伝え」

たまりかねたようにオーランドが言った。エリオットは、へらっと笑った。

「いやぁ、あんまり作る気分じゃないし」

「腐《くさ》っても銀砂糖師だろうがよ。アンとおまえの分が、一番高値がつくはずだぜ」

キングが渋《しぶ》い顔をする。

「ひどいねぇ。腐ってるってのは。けど、ま、正直ほんとうに腐りぎみだから、やめとく」

彼のその態度が、意外だった。

エリオットは常日頃《つねひごろ》、長の代理仕事に追われ、銀砂糖にほとんど触れられない状態だ。それについて文句も不平も言わないが、とてもつまらなそうな顔をしてぼんやりしていることもしばしばある。

「コリンズさん。銀砂糖、触《さわ》りません？」

「別に触りたくないからねぇ」

その答えに、すこしがっかりする。

――コリンズさんって、やっぱり単なる怠《なま》け者？

仮にも銀砂糖師なら、砂糖菓子《がし》を作ることへの欲求《よっきゅう》は強いだろうと思っていたのだが、そうでもないらしい。

「そのかわり、協力はするよ？」

言うとエリオットは立ちあがり、突然《とつぜん》大きな声を出した。

「ここにいる女の子は、今年の銀砂糖師だ！　今年の銀砂糖師の砂糖菓子を手に入れるなんて、滅多《めった》にない機会だ！　この場に居合わせて、銀砂糖師の砂糖菓子が手に入るのは幸運だ。縁起《えんぎ》がいいぞ。とてつもない幸運が招ける！」

あまりの大声と今年の銀砂糖師という言葉に、酒場の中が一瞬ざわつく。

「見ろ！　今作ってるのは妖精の砂糖菓子だ。題して『妖精の昼寝《ひるね》』！　これを二十バインで売る。早い者勝ちだ！」

アンの作業を熱心に見ていた男が、すぐにエリオットのほうに顔を向けた。

げた。


「俺が買う！」

脇《わき》の男が、一瞬遅《いっしゅんおく》れて手をあげた。

「待て、俺だ。俺なら二十五バイン払《はら》う」

すると端《はし》のテーブルからも、急いで駆《か》けてきて手をあげた中年の女がいた。

「待っておくれ、あたしが買いたい！　明後日《あさって》が誕生日なんだよ。銀砂糖師の砂糖菓子なら、三十バイン払う！」

アンが目を丸くしていると、エリオットがにっと笑う。そして指を三本立てて、手を高くあげた。

「じゃ、三十バインで決まりかな？」

「待て。俺は、……三十五！」

最初の男が声をあげた。

と、ずっと離《はな》れたテーブルから、声があがる。

「四十！」

「四十七だ」

「五十五！」

みるみる値が吊《つ》り上がっていく。

するとは合いの手のように、エリオットが絶妙《ぜつみょう》なタイミングで声をあげた。

「五十五で決まりか」

するとその声に煽《あお》られるように、さらに声が飛ぶ。

「五十六！」

「六十！」

六十の声をあげた男を、エリオットが指さした。

「よっし、六十だ！」

その様に、アンは呆然《ぼうぜん》とした。

普通ならばせいぜい十バインの砂糖菓子が、見る間に六倍の値に跳《は》ねあがった。客たちは酒場に来るほど懐《ふところ》に余裕《よゆう》がある連中で、しかも気分良く酔《よ》っている。そこをエリオットがうまく煽って声をあげるものだから、どことなくゲームを楽しむような雰囲気《ふんいき》が強くなっている。

「アン。六十バインだからねぇ。それをさっさと仕上げて、次作ってよ」

エリオットはぼうっとしているアンに片目をつぶってみせ、今度はナディールが作った小さな動物を掌《てのひら》に載せて、高く掲《かか》げた。

「こっちは銀砂糖師の品じゃないが、見ろ。この細工ができる職人は、ハイランド王国内でも少ないぞ。銀砂糖師なら、銀砂糖子爵《ししやく》とアルフ・ヒングリーくらいだ。これもかなりの逸品《いっぴん》だ。この細工なら、小さくとも大きな幸福を招ける。十バインでいいぞ！」

再び、酒場の中に熱気がわいた。

小指の先ほどの砂糖菓子が、結局二十バインの価格になる。

エリオットはヴァレンタインとキング、オーランドと、彼らの作る作品を次々と客たちに競《せ》り合わせた。

その間にアンは砂糖菓子を完成させ、客に渡《わた》した。客は上機嫌《じょうきげん》で、六十バインを支払《しはら》ってくれた。

アンが次の作品に取りかかろうと銀砂糖を練りはじめると、酒場の奥のほうから、一人の老人が近寄ってきた。

老人はエリオットに声をかけた。

「おい、次にその銀砂糖師の娘《むすめ》が作る砂糖菓子、なんでもいいから買いたいって人がいるんだ。四クレス支払う」

その言葉に、周囲にいた客たちがざわついた。アンもエリオットも、職人たちも、みんなが啞然《あぜん》とした。

「なんでもいいから、四クレス？　ほんとうに？　誰《だれ》がそんな金額を出すの？」

エリオットが、ぽかんとしながらも確認《かくにん》する。

「わしはそこで頼《たの》まれただけだからな。あいつが何者かは、知らんよ。とにかく四クレス以上支払う奴《やつ》がいなけりゃ、次にその子が作る砂糖菓子はその人に売ってくれってことだ。ほら、四クレス」

差しだされた銀貨に、目が点になる。

小さな砂糖菓子に六十バインでも、信じられない値段なのだ。それが四クレスとなると、もはや呆《あき》れるしかない。

「そいつは、あとで取りに来るって言ってたから。作ったら、取り置きしておいてくれとよ」

老人はほんとうに伝言を頼まれただけらしい。それだけ言うと風見鶏亭から出ていった。

掌の銀貨を見おろして、エリオットは呟《つぶや》いた。

「変わった奴がいるねぇ」

「誰なんでしょう？　四クレスも」

「さあねぇ。でも、もらえるものはもらっとこうね」

アンの問いに、エリオットは肩《かた》をすくめて笑った。


風見鶏亭の営業が終わる頃《ころ》には、銀砂糖がなくなった。

そのかわりアンたちの手もとには、八クレスと二十バインのお金があった。

四クレス分の銀砂糖の代金を支払い、その上で、くみあげの器《うつわ》に二杯《はい》とすこしの銀砂糖が手に入る計算だ。予想以上に売りあげが伸《の》びたのはエリオットのおかげと、そして気前よく四クレスを支払ってくれた謎《なぞ》の客のおかげだ。

その四クレスを支払ったお客は、結局姿を現さなかった。約束どおり取り置きはしてあるが、どうしたものかとちょっと困惑《こんわく》した。

しかしとりあえず、銀砂糖は手に入る。アンは、マーキュリー工房《こうぼう》の職人頭、グラントの部屋を訪ねた。

「うちの代理は意地が悪いから。すみません」

グラントは銀砂糖を手渡《てわた》しながら、しきりに申し訳ながった。

けれど銀砂糖を手に入れるために対価を支払うのは当然なので、アンはあまり気にならなかった。

職人たちは高すぎると文句を言っていたが、結局ペイジ工房は一バインも支払うことなく、銀砂糖が器に二杯分手に入ったのだ。


職人たちには、先に部屋に帰って休んでもらった。彼らは徹夜《てつや》で、ミルズフィールドから移動したのだ。疲《つか》れと眠気《ねむけ》で、ふらふらだった。

眠《ねむ》りこんでいるミスリルは、アンが部屋に運んだ。部屋に入ると、シャルは眠っていた。彼を起こさないように、ミスリルをそっともう一方のベッドに寝《ね》かせて、部屋を出た。

客も引けて、暖炉《だんろ》の火も落とされた風見鶏亭の一階はしんと静まっている。アンはそこに残り、蠟燭《ろうそく》を二本だけ灯《とも》して手に入れた銀砂糖と向きあっていた。

これだけあれば、すこし大きめの砂糖菓子《がし》を二つくらい作れるだろう。

銀砂糖に冷水を加え、練りはじめた。

練りながらも、頭の上から時々重りがのしかかってくるように睡魔《すいま》が襲《おそ》ってくる。いけないと思って頭《かぶり》をふるが、効果があるのは一瞬《いっしゅん》。すぐにまた、ふっと意識が遠のきそうになる。

それでもシャルにふさわしい、美しいものを作りたいと指を動かす。

練りあがった銀砂糖を薄《うす》くのばし、細長い花びらの形をたくさん切り出す。花びらの色は白からクリーム色に変化する淡《あわ》い色。それを重ねて、花にする。

闇夜《やみよ》を呼吸して咲《さ》く花と言われる、月光草の花を作る。闇《やみ》を吸いこむくせに花はほの白く夜に浮《う》かび、人を惹《ひ》きつける。

シャルと出会って間もない頃。彼と野宿しながらも近寄ることはできなくて、彼の姿を遠くに見ていた。そのとき、シャルには月光草が似合うと思った。

今もその印象は変わらない。

あの時には遠くて、触《ふ》れるのも恐《おそ》ろしかった存在が、今はアンのかたわらにいることが不思議で、そして嬉《うれ》しかった。

寝静《ねしず》まった風見鶏亭に、ほの白く光る月光草が生まれる。アンは月光草を作業台の上に置くと、ほっと息をついて椅子《いす》に腰《こし》かけた。

銀砂糖はもう一杯《いっぱい》、器に残っていた。

――もう一つ作れる。なにを作ろうかな？　花？　動物？

なにを作るか思案していると、どうしようもない眠気が襲ってきた。

――ちょっとだけ……。

あまりの疲労《ひろう》と睡魔に、アンはテーブルに頭をつけた。

目の前には月光草。それが目に映ると、満足感に微笑《ほほえ》んでしまう。

そしてその月光草の向こうには、掌におさまる、小さな妖精《ようせい》の砂糖菓子が一つ置いてある。

四クレスを気前よく前払《まえばら》いした客はまだ、姿を現していない。

――変なの。

意識が、とろとろと崩《くず》れていくように遠のく。瞼《まぶた》が落ちる。

――四クレスも払《はら》ったのに、取りに来ないなんて。誰なんだろう……？

目覚めると、隣《となり》のベッドでミスリルが気持ちよさそうに寝ていた。アンの姿はない。窓硝子《まどガラス》越《ご》しに、月の位置を確かめた。もう真夜中近くだろう。

眠ったことで、体のだるさがすこし取れていた。

——あいつは、どこだ？

シャルはベッドを下りた。

「待ってて」と言ったのにアンが帰ってこないのは、おかしかった。彼女は、約束は必ず守る。部屋を出て階段を下りると、酒場兼《けん》食堂へ続く扉《とびら》に向かった。その扉がすこし開いていた。

中から、呆れたようなエリオットの声が聞こえた。

「あ～。寝ちゃってるわけね……」

扉の隙間《すきま》から見ると、テーブルに突《つ》っ伏《ぷ》して眠っているアンの前に、エリオットが困ったような顔をして立っていた。

「どうすんのよ。まだ一杯分、銀砂糖は残ってるのにねぇ」

言いながらエリオットは、銀砂糖に手をのばし、器の中のそれを掌《てのひら》ですくってさらさらと器の上に落とす。

その表情が、ふとせつなげになる。

エリオットは周囲を見回し、誰もいないことを確認する。そしてゆっくりと腕《うで》まくりをして、冷水に両手を浸《ひた》した。

手を冷水から抜《ぬ》くと、銀砂糖を一気に作業台にあける。

そこへ冷水を加え、練りはじめた。

銀砂糖はみるみるまとまり、艶《つや》を増す。とてつもない速さだった。

そして今度は、まとまった銀砂糖を手でひねり、のばし、丸める。道具類はほとんど使わず、指のみで細工をする。

テーブルの上に並ぶ色粉の瓶《びん》に時々目を走らせると、迷いなく瓶を手に取り、銀砂糖に混ぜこむ。それを繰《く》り返すのだが、まるで決まった手順があるかのように、よどみない。

またたく間にできあがったのは、日光草。オレンジがかった明るい黄色の花で、常に太陽を向いて咲く。光を呼吸する花と言われ、月光草と対《つい》になり、お伽話《とぎばなし》で語られる。

昔。敵対していた領主同士の娘《むすめ》と息子《むすこ》が、互《たが》いにそれと知らずに恋《こい》に落ちる。その恋は互いの一族に許されず、二人は魔法《まほう》の力で、花に変えられてしまうのだ。

息子は昼の光を呼吸する花に。

娘は夜の闇を呼吸する花になる。

そして二人は、永久に互いの姿を見つけられなくなった。

あっという間にできあがった日光草を、エリオットは月光草と並べた。

しばらくエリオットは、満足そうにそれを眺《なが》めていた。

「遠慮《えんりょ》する必要があるのか？」

シャルは言いながら、扉の陰《かげ》から踏《ふ》みだした。エリオットがびっくりしたように目を見開く。そして照れくさそうに、笑った。

「シャル。いたの？　人が悪いねぇ。なに？　アンを迎《むか》えに来たわけ？」

はぐらかすように言った彼の言葉には答えず、近づくと、彼の作った砂糖菓子を見おろし再び訊《き》いた。

「作りたいなら、作ればいい。なんでいつも、作らない？」

問われた途端《とたん》に、エリオットの視線は戸惑《とまど》うように泳ぎ、そして目を伏《ふ》せた。

しかしそれは一瞬のことで、すぐに彼らしい、愛嬌《あいきょう》のある笑顔《えがお》になる。

「見られたら言い訳できないよねぇ。でも、俺は作らないよ。だって俺以外の奴《やつ》ら、アンも含《ふく》めて、砂糖菓子作ることしか頭にないじゃない？　それ以外は、俺がやらなくちゃね」

「やればいい。砂糖菓子も作ればいい」

「作れたら、作るけど。やっぱり作ってたら、それ以外はおろそかになるんだよね。そんでもって俺が作りたいなんて言ったら、アンも他《ほか》の連中も『それ以外はほっといてもいいから、作れ』とか言いだしかねないでしょう？」

そこでエリオットは言葉を切り、真顔になる。

「でもこんなの見ちゃうと、作りたくなるんだよねぇ。どうしようもなくて、こればっかりは。だって月光草に、日光草が並んでないのは、哀《かな》しいじゃない？　こうやって並べてやれば、会えるんだからさ」

駆《か》け出し銀砂糖師と、経験を重ねた銀砂糖師の違《ちが》いだろう。

確かに月光草と対になる日光草があれば、美しくとも寂《さみ》しげな花が、どこか満足げになる。寂しさを感じない。

エリオット・コリンズは紛《まぎ》れもない銀砂糖師だ。けれど彼は若くして長《おさ》の代理であり、その仕事に責任がある。

「もったいない」

シャルが感じたひと言を、別の声が言った。声のしたほうをふり返ると、奥へ続く扉から、一人の男が入ってくるところだった。

細面《ほそおもて》に片眼鏡をかけた、神経質そうな男。見覚えがあった。確かマーキュリー工房《こうぼう》派の長代理だ。

「あれ、キレーン？　どうしたのよ、こんな夜中に。年のせいで眠《ねむ》れないとか？」

「君は、つくづく頭に来る。今、君の才能を惜《お》しんだことを、瞬時《しゅんじ》に後悔《こうかい》したよ」

キレーンはつかつかと近寄ってきた。そしてテーブルの上にある、アンが作った、小さな妖精の砂糖菓子を手に取った。

「注文の商品を取りに来ただけだ。これはもらっていく」

「え？」

エリオットが、ぽかんとした。

「それって、じゃ、あのじいさんに頼《たの》んで、馬鹿《ばか》みたいに四クレスで砂糖菓子《がし》を買いたいって言ったのは、キレーン？」

キレーンは鼻のつけ根にしわを寄せた。

「悪かったな。馬鹿みたいで。言っておくが、教父学校を首席で卒業して、最年少主祭教父になるだろうとまで言われていた僕を馬鹿呼ばわりしたのは、君がはじめてだ」

「でも教父をやめて砂糖菓子職人になったんだからねぇ、ちょっと馬鹿だよね。しかもなんで四クレスも？　そんな馬鹿みたいな」

「馬鹿馬鹿と言うな」

「でもねぇ」

さらに言いかけて、エリオットは気がついたようにはっと、キレーンを見た。

「それもしかして、親切なの？」

「違う」

キレーンは思いきりいやな顔をして、ふんと鼻を鳴らして背を向けた。

「なんだ、そうか。キレーン。素直《すなお》じゃないねぇ。親切は親切な感じでしてくれないと、わかりにくいじゃない？」

「違うと言っているのが聞こえないか？　ほんとうに急遽《きゅうきょ》、砂糖菓子が必要だっただけだ。疲《つか》れているうちの職人に仕事をさせるのがいやだったから、ペイジ工房の砂糖菓子を買ったんだ。僕は部屋に帰る。これを取りに来ただけだからな」

キレーンはそのまますたすたと、扉に向かった。扉を出る直前に、彼は一瞬だけ足を止めてぼそりと言った。

「ペイジ工房は選品でいい仕事を見せた。選ばれたのは当然で……、その祝いだけは、とりあえず言っておく」

彼はそのまま、扉の向こうの闇《やみ》に消えた。それを見送ったエリオットは、目尻《めじり》をさげた。

「ほんと世の中、可愛《かわい》い人が多いよねぇ。キレーンもその代表だね。俺に言わせたら、アンもシャルも、可愛いけどね。そんな連中には、感謝するよ」

シャルは眉《まゆ》をひそめた。

「いやな気分だ。おまえにそう言われるのは。馬鹿にされている気がする」

「そう？　本心なんだけど。俺はアンにもシャルにも、感謝してるし」

言うとエリオットは、テーブルに置いてあった日光草を手に取った。それをシャルに向けて差しだした。

「アンがいなきゃ、俺たちは選品には参加しなかったはずだ。ペイジ工房は変われずにいた。感謝してる。それにシャルがいなけりゃ、選品に間に合わなかったし、職人たちが怪我《けが》をしてたかもしれない。感謝してる。これはその感謝の証《しるし》だから、ま、食べて元気になってよ。ほい」

投げるように渡《わた》されたので、おもわず両手で受け取った。

「あ、それと。それはアンが起きる前に食べてね。アンには見せないで」

エリオットはそれだけ言うと、ひらひらっと手をふり、きびすを返した。

「あーあ。眠い」

あくびをしながら赤い髪《かみ》をくしゃくしゃと掻《か》き、エリオットは部屋に帰っていった。

――銀砂糖師か。

エリオットの姿が見えなくなると、手にある日光草を見おろした。

銀砂糖師は砂糖菓子を最も美しく作ることができる職人。彼はその誇《ほこ》りを心のどこかにしまいこんで、自分の選んだ道を歩むのだろう。

この日光草は、彼が望むようにすぐに消してしまうべきものかもしれない。それが銀砂糖師への敬意だ。

――望みどおり、消そう。

この日光草の砂糖菓子の香《かお》りは、うっとりするほど甘い。

剣《けん》を作りだす時とは逆に、掌《てのひら》から吸収するために意識を集中させる。

すると日光草の砂糖菓子の全体が淡《あわ》い金の光に包まれ、ほろほろと崩《くず》れていく。

掌をとおして、甘さが全身に広がる。それが指先にまでいきわたり、満ちる力。

体の芯《しん》がとろけるような感覚に、吐息《といき》が漏《も》れる。美しい砂糖菓子の味は、とても甘美だ。全身に広がる甘さは、快感のようだ。

羽のつけ根から先が、ぴりぴりと震《ふる》えるほどに痺《しび》れる。

掌の上で、日光草が溶《と》けて消えた。

それとともに、体がしゃんとする。これならば軽々と、眠ってるアンを抱《だ》きあげて部屋に帰れそうだった。

軽く口を開いて、アンはテーブルに伏せて眠りこんでいた。その体を抱きあげた。


体がふわふわ揺《ゆ》れている。

どうしてだろうかと考える。

自分は砂糖菓子を作っていたはずだ。

すると体はさらにふわりと浮《う》いて、柔《やわ》らかい場所に下ろされた。

そこではっとして、目を開いた。

薄暗闇《うすくらやみ》の中、目の前にシャルの顔があった。

「シャル？」

寝《ね》ぼけ眼《まなこ》をごしごしこする。そして自分が今、部屋のベッドに横たえられているのだとわかった。隣《となり》のベッドから、ミスリルの寝息が聞こえる。

どうやら一階で眠りこんでいたのを、シャルに抱《かか》えられてベッドに連れてこられたらしい。

「ごめん。迎《むか》えに来てくれたの？」

「待ってろと言って、いつまで待たせる気だ？　待ちくたびれた」

「あ……、そうか。そうだ！」

彼のために作った砂糖菓子を思い出して、あわてて起きあがろうと肘《ひじ》をついて、ちょっと体を起こす。

けれど覆《おお》い被《かぶ》さるように覗《のぞ》きこんでいるシャルが、動こうとしない。

「シャル？　ちょっと、どいてくれる？　わたし砂糖菓子を作ったの。一階に置いてあると思うの。取りに行ってくる」

「まだ待たせるのか？」

「ううん。作ってあるから、すぐよ」

「待ちくたびれたと言ったはずだ。砂糖菓子でなくても、目の前にいる、おまえでもいい」

「え……」

シャルの右手がそっとアンの頬《ほお》に触《ふ》れ、顔が近づいてきた。黒曜石のような綺麗《きれい》な瞳《ひとみ》が、窓からさしこむ月あかりに艶《つや》めいている。

今日の昼間、聖ルイストンベル教会で祝福してくれた囁《ささや》きの感触《かんしょく》を耳に思い出し、そして彼の唇《くちびる》が額に触れた感触までも甦《よみがえ》る。まるで恋人同士《こいびと》のようだと、うっとりとした瞬間《しゅんかん》だった。

——かかしみたいで、子供っぽいわたしなんかに、シャルが興味を持つはずない。そんな都合がいいことあるわけない。

そう思うのだが、淡い期待が胸の中にはある。

シャルの瞳には、切迫《せっぱく》したなにかが見える気がした。

心臓がどきんどきんと、強く鼓動《こどう》する。

緊張《きんちょう》して、両手がぎゅっとシーツを握《にぎ》りしめた。震えていた。

「怖《こわ》いか？」

シャルが囁いた。

アンはわずかに頷《うなず》いた。

怖いのとはすこし違《ちが》うけれど、怖いのと近い感じがする。

そんなアンをじっと見つめてから、シャルはふふっと笑った。

「脅《おど》かすつもりはなかったがな」

突然《とつぜん》体を起こすと、立ちあがった。

「…………へ？」

「冗談《じょうだん》だ」

「冗談……？」

言われて、へなへなと体の力が抜《ぬ》ける。

「シャル……たちが悪すぎ……」

ぐったりとベッドに突《つ》っ伏《ぷ》すと、シャルは窓辺に立ち苦笑《くしよう》した。

「そんなにいやだったか？」

「そんな問題じゃなくて、なんて言うか、ほんとうに心臓に悪い」

「お子様」

「あんなからかいかたをするシャルのほうが悪くない⁉」

がばっと起きあがり怒鳴《どな》った。

と、その時。視線の先に、白い花の砂糖菓子《がし》を見つけた。

アンが作った月光草の砂糖菓子だ。ベッドのサイドテーブルに、しっかりと置かれている。

「これシャルが持ってきてくれたの」

「そうだが？」

その返事に、さらに脱力《だつりよく》する。

シャルは最初から最後まで、目が覚めたアンをからかうつもりで、ああだこうだと、睦言《むつごと》めいた台詞《せりふ》を繰《く》り返していたらしい。

結局アンはシャルにとって、からかえば面白《おもしろ》いお子様なのだろう。あつかいのレベルで言えば、シャルが堂々と「からかうのが面白い」と言った、キャット並みの存在なのかもしれない。

——ま、当然よね～。

がっくりと両手をついた。

けれどシャルが、元気そうになっていることは喜ばしい。アンをからかって遊ぶ余裕《よゆう》が出てきたのなら、体は順調に回復しているのだろう。

「せっかく作ったし」

アンは月光草の砂糖菓子を両手に載せると、ベッドを下りてシャルに近づいた。

「シャル。これ食べて。もっと元気になれるかもしれない」

砂糖菓子を差しだす。

シャルはふり返って砂糖菓子を見おろし、訊《き》いた。

「知ってるのか？」

「え、なにを？」

「月光草の花言葉は、あなたを永遠に愛します、だ」

聞いて仰天《ぎょうてん》した。

「そんなつもりじゃなくて！　ただシャルに似合いそうだから作っただけで。花言葉は知らなかったし」

無意識に自分が、そんなことを考えていたかもしれない。そんな気がして、恥《は》ずかしくなる。しどろもどろに言うと、シャルは微笑《ほほえ》んだ。

「知ってる。おまえには、そんな気持ちはない」

そう言われると、複雑だった。

シャルを好きだと思う気持ちは、アンの中にいっぱいにあふれている。けれどシャルに、その気持ちを伝える勇気がないだけだ。今の心地《ここち》よい関係を壊《こわ》したくないから、臆病《おくびょう》になる。

シャルはアンの気持ちの乱れも知らぬげに、彼女の手から月光草の砂糖菓子を取りあげた。

シャルは両手でそれを包みこんだ。薄《うす》い金色の光に月光草は包まれて、ほろほろと崩《くず》れていく。うっとりと彼は目を細めた。軽く顎《あご》をあげ、吐息を漏らす。睫《まつげ》に光る月あかりも白い肌《はだ》も、淡《あわ》く輝《かがや》くように見え、妖《あや》しいほどに美しかった。

羽がうっすらと虹色《にじいろ》に光る。

やはり月光草が、彼にはよく似合う。

月光草は美しいが、どこか寂《さみ》しげだ。

その月光草と対《つい》の花と呼ばれるのは、日光草。日光草と月光草は、恋《こい》しあうのにお互《たが》いの姿を見つけられない。

──なんてもどかしいんだろう。

シャルを見つめながら思う。

──だから月光草は、綺麗だけど、どこか寂しげなんだ。

そこまで考えた時、はっとする。

現実の世界では出会えない花たちだからこそ、日光草も砂糖菓子で作れば良かったのではないだろうか。日光草と対にして月光草を並べれば、月光草も寂しげには見えないかもしれない。

今さら気がつく自分の未熟さが、残念だった。

けれど今度。いつか月光草を作る時には、必ず対になる日光草を作ろう。

「嬉《うれ》しそうだな」

掌《てのひら》の月光草の砂糖菓子が消えると、シャルが不思議そうに訊いた。

アンは自分が微笑んでいたことに気がついて、ちょっと照れ笑いした。

「いいことを思いついただけ。今度月光草の砂糖菓子を作る時には、もっと素敵《すてき》に見えるかもしれない。ねぇ、シャルは日光草の花言葉は知ってる？」

「確か、あなたを永遠に探し続ける、だ」

「そっか。月光草がずっと愛して待ってるから、日光草はずっと探し続けるのね」

「永遠に会えはしないがな」

シャルが冷めた調子で呟《つぶや》くので、アンは首をふった。

「ううん。会えるよ、きっと」

その言葉に意外そうな顔をしたシャルだったが、すぐにふっと笑う。

「それなら、いいな。相手が永遠に待つと約束したら、俺も探し続けるだろう。会えると信じて」

「わたしも探し続けてくれるって約束してくれる人がいたら、ずっと待つと思う。どんな方法かわからないけど、きっと会えるって信じるから」

シャルの黒い瞳《ひとみ》を見つめ返す。彼がその瞳でずっと探し続ける相手は、誰《だれ》だろうか。その人は、どんなに幸福だろうか。

シャルの前にいるとアンの心は、常にゆるくさざ波が立っている。なのに同時に、不思議と穏《おだ》やかでもある。

誰かの永遠の誓《ちか》いを見守るように、わずかに欠けた月が夜空から光をそそぐ。

窓辺には、二人の淡い影《かげ》が落ちていた。

ミスリルへの10の質問

1 誕生日はいつですか？

日にちは良くわかんないけどな、
暑いときだったからな。夏だな。

2 趣味はなんですか？

なにを隠そう、芝居見物が趣味だ。特に恋愛ものが大好きで、
その学習効果で俺様は立派にアンに恩返しを果たせたぞ。

3 好きな食べ物は？

砂糖菓子と温めたワイン。

4 落ち着ける場所はどこですか？

今はたくさんあるな。ホリーリーフ城に、ペイジ工房に、
パウエル・ハルフォード工房。

5 好きな人を教えてください。

そりゃ、やっぱりアンが一番好きだな。うん。

6 今、一番欲しいものはなんですか？

……愛。（ポッ）

7 これをされると怒る！　ということは？

俺様をチビだとか十分の一だとか馬鹿にすると怒るぞ！

8 これをされると嬉しい！　ということは？

温めたワインを買ってくれたら……。嬉しい……。

9 ご自分の好きな所を教えてください。

愚問だな！　全部大好きだ！

10 夢はなんですか？

砂糖林檎の林の近くに、アンとシャル・フェン・シャルと一緒に立派な家に住むこと。
俺様は色の妖精になって、アンが俺の作った砂糖林檎で砂糖菓子を作って生活するんだ。

鳥籠の
花束

馬車が動き出すと、銀砂糖子爵《ししやく》ヒュー・マーキュリーは、座席の背に寄りかかり深く息をついた。気分が、ほっと落ち着く。

銀砂糖子爵を拝命して二年足らずだが、仕事柄《しごとがら》移動が多いため、シルバーウェストル城よりも、所有する馬車の中で過ごす時間の方が長い。馴染《なじ》んだ革張《かわば》りの座席に揺《ゆ》られていると、張りつめていたものがゆるんでくる。その気が抜《ぬ》けた表情を見てどう思ったのか、反対側の座席に座っていたキャットが、ちらっとヒューの方へ目を向けた。

「傷が痛むのかよ」

キャットは頭の上に、ぐうぐう眠《ねむ》りこけている緑の髪《かみ》の妖精《ようせい》を乗せている。なんとも間抜《まぬ》けな姿だが、それもお人好《ひとよ》しの彼らしい。

「いや。ただ安心した。ストーが、今回の条件に応じてくれたからな……」

熱も引いたし痛みもやわらいだが、ヒューの肩《かた》や背にはまだ、鞭《むち》で打たれた傷が深く残っている。くじいた足首も、歩くと痛む。

頬《ほお》に残る傷にそっと触《ふ》れると、ぴりっとした痛みが走る。

後見人であったダウニング伯爵《はくしやく》の、王国を守ろうとした強い意志がヒューの体に刻まれていた。

窓の外に目をやる。

ヒューの馬車の背後から、妖精商人ギルドの長《おさ》レジナルド・ストーを乗せた、妖精商人ギルドの馬車がついてくる。そしてその後ろに、銀砂糖師アン・ハルフォードの馬車が続く。

レジナルドとの交渉《こうしょう》のために、ヒューはギルム州へやってきた。紆余曲折《うよきょくせつ》はあったが、結果的にレジナルドは、銀砂糖妖精を育成するための条件をのんでくれた。そして彼らは今、ギルム州から、王都ルイストンへ向かっていた。妖精商人たちはこれから、彼らが所有する妖精ラファルを取引の材料として、王国と交渉を開始するのだ。

妖精商人と王国との交渉は、ヒューには関係ないことだ。どう転ぼうが関心がない。

ヒューが心を砕《くだ》くのはたった一つのことだけだ。砂糖菓子《がし》がこの世にあり続け、そしてさらなる美しいものへと進化してくれること。そのために必要な銀砂糖妖精の育成を考えると、胸が躍《おど》る。妖精がなにを作り出していくのか、そしてそれによって砂糖菓子作りの技術や組織にどんな変化が現れるのか、それを見てみたいと強い欲求《よっきゅう》がうずいている。

――砂糖菓子は、もっと美しいものになれるはずだ。

そう考えた自分に、ヒューはふと冷静になり苦笑《くしょう》する。己《おのれ》の胸の中に根を張る思いは、業《ごう》だ。

「なんだ？　なにがおかしいんだ、てめぇ」

キャットの問いに、ヒューは首を振《ふ》った。

「なんでもないさ」

そして改めて、目の前のキャットの顔を見ながら考える。

——こいつにも、これから動いてもらわなければならんが。さて、どうやってこいつを踊《おど》らせるかな。

銀砂糖子爵が命じたからといって、彼は簡単には動かない。彼は基本的に、やりたいことしかやらない。キャットとのつきあいは長いので、そのあたりは重々承知している。

キャットと知り合ってから、かれこれ十二、三年になるだろうか。

はじめて出会ったのは、キャットが見習いとしてマーキュリー工房《こうぼう》にやって来た時だ。その時ヒューは十七歳で、すでに職人に昇格《しょうかく》していた。キャットは十二歳。今と同じように、襟《えり》や袖《そで》に刺繡《ししゅう》が施《ほどこ》された、洒落《しゃれ》たシャツを身につけ、他《ほか》の見習い連中とくらべると格段に洗練された雰囲気《ふんいき》の子供だった。しかも細身で色白で、青い目は、気の強そうな猫目《ねこめ》。つんとして、どこか貴族的な雰囲気のある容貌《ようぼう》だった。その容姿を見て思わず「子猫《キティ》ちゃん」と呼んでしまったら、泣きながら殴《なぐ》りかかってきた。

あまりにも悔《くや》しそうに泣くので、その後は譲歩《じょうほ》して「猫《キャット》ちゃん」と呼んでやった。すると子猫よりましだと思ったのか、嫌《いや》そうな顔をしながらも、とりあえず返事をするようになった。

その当時から、キャットは問題児だった。

まず誰《だれ》に対しても言葉遣《ことばづか》いを改めない。先輩《せんぱい》職人だろうが、おかまいなしに「てめぇ」呼ばわりする。何度注意しても、改まらなかった。

そして二十二歳でヒューが職人頭《がしら》になってからは、次々と問題を起こすキャットに悩《なや》まされ続けた。

「なんだ？　人の顔をじろじろ見やがって」

「俺が職人頭だった頃《ころ》、散々おまえに迷惑《めいわく》をかけられたからな。その貸しを、どうやって返してもらおうかと考えてたんだ」

「てめぇに借りなんかつくった覚えはねぇ！」

「そうだったか？」

にやりと笑ってやると、キャットはなにを思いだしたのか、怯《ひる》んだように押し黙《だま》った。そしてぶすっとした顔をして馬車の窓枠《まどわく》に頬杖《ほおづえ》をつき、外を見やる。当然反撃《はんげき》して来ると思っていたので、その意外な反応にヒューの方が目を丸くする。

「おい、どうした？」

窓の外を見つめながら、キャットがぽつりと言った。

「あのことは……借りなんかじゃねぇ……。でもてめぇが、それを借りだってんなら……すきに思ってればいいじゃねぇか」

キャットが、怒《おこ》ったり喚《わめ》いたりせず、こうやって憂鬱《ゆううつ》そうに黙りこむ姿はほとんど見たことがない。そしてずっと以前、ヒューが職人頭をしていたときに一度だけ目にした、こんな様子で押し黙ったキャットの姿を思い出す。

――こいつ。あのことを言ってるのか？

そうとしか考えられなかった。あのことをヒューは、貸しだと思ったことはなかった。だがキャットは、もしかしたらずっと気になっていたのかもしれない。

「あれは貸しじゃない」

言ってやると、キャットはちらっと視線を寄こした。ヒューはふっと笑い、頭の後ろに手を組み背もたれにもたれかかった。

「あれは、貸しじゃない……ただ、俺の業だ」

思い出すのは、新芽の薫《かお》り。あの時も今と同じ、春だった。

あの当時ヒューはまだ、アクランド姓《せい》を名乗っており、マーキュリー工房派の本工房の職人頭を務めていた。糸をたぐりよせるように、しまい込んでいた記憶《きおく》がほぐれて、甦《よみがえ》る。


風に乗る新芽の薫りに、ヒューは足を止め、窓の外へ目を向けた。

「春か……」

そう呟《つぶや》いた声が、誰もいない廊下《ろうか》にうつろに響《ひび》く。そのうつろさに己の迷いを意識し、たった今自分が出てきた扉《とびら》の方を見やる。そこはマーキュリー工房派長の部屋だ。

こうやって長に呼び出されるのは、今月に入って何度目だろうか。

マーキュリー工房派の長は、身元引受人もいなかった幼いヒューを、見習いとして受け入れてくれた恩人だ。その恩人の切なる願いを、ヒューはよくわかっていた。そしてそれが派閥《はばつ》にとって最善策であることも、理解している。だが長の提案に対して頷《うなず》くことができないでいた。

「単純に、職人の欲求ってやつか……」

自分が応《こた》えられない理由を言葉にすると、我ながらおかしくなって口元で笑う。

今日は、砂糖菓子を注文するために、わざわざルイストンから客がやってくる。『庶民趣《しょみんしゅ》味《み》』と貴族社会では揶揄《やゆ》される、すこし変わった好みをもつと噂《うわさ》に聞くガーランド伯爵だ。

しかし変人であろうとも、伯爵は伯爵。

失礼がないように迎《むか》え、注文を受けなくてはならない。そんなわずらわしい仕事も待っているのに、こんなところで物思いにふけっている暇《ひま》はない。

気持ちを切り替《か》えようとしたとき、

「アクランドさん」

廊下の向こう側から呼ばれる。呼んだのは、本工房の中で五指に入る腕前《うでまえ》の職人、ジョン・キレーンだった。かつては教父学校の学生だった変わり種で、教父を目指していただけあり、すこぶる頭の回転も良く人あしらいもうまい。職人頭の補佐《ほさ》として、かなり有能だ。その彼が、苛立《いらだ》ったような早足でやってくる。

「来てください。作業場でヒングリーがもめ事を起こしています。僕では、おさまりません」

「またキャットか……。なんだってキャットは騒《さわ》いでるんだ？」

前髪《まえがみ》をかきやりながら、ヒューは大股《おおまた》に歩み出す。キレーンも隣《となり》に並び、ついてくる。

「隣の作業台で作業していたニコルの練りがおざなりだと怒り出して、いい加減に作るつもりならば、自分がその砂糖菓子を作ると主張しています」

冷静な説明に、ヒューはため息をつく。

長やその家族の住居である母屋《おもや》を出ると、四角い庭を囲むように、石造りの作業棟《とう》がコの字形に並んでいる。その一つの出入り口に職人や見習いたちが集まり、中の様子を固唾《かたず》を呑《の》んで見守っていた。中からは激しいやりとりが聞こえている。

「やる気がねぇなら仕事をよこせって言ってんだ、わかんねぇのか!?　てめぇは馬鹿《ばか》か!?」

「先輩に向かってその口のきき方はなんなんだ！　おまえ何様のつもりだ！　餓鬼《がき》のくせに」

「今はそんなこと言ってんじゃねぇ！」

「その態度が、そもそもおかしいだろうが!?」

集まる野次馬《やじうま》をかき分けて、キレーンとともに作業場に踏《ふ》みこむと、作業台を挟《はさ》んで二人の職人が睨《にら》み合っていた。

一人は二十代後半のベテラン職人ニコル。もう一人が問題の職人、キャットという渾名《あだな》で呼ばれているアルフ・ヒングリーだった。キャットはまだ十七歳だ。本来ならばようやく見習いから職人へ昇格しようかという年頃《としごろ》なのだが、キャットは見習い時代から、技術もセンスも飛び抜《ぬ》けていた。そのため十五歳の若さで職人になった、いわば出世頭だ。

に、しても。若造で経験が浅い職人であることは間違《まちが》いない。

お互《たが》い、腹を立てている点がまったくかみ合ってない二人に近づいて、ヒューは相手に噛《か》みつきそうな顔をしているキャットの襟首《えりくび》をぐいと後ろへ引っ張った。

「こら！」

「なにしやがる!?」

喚くキャットの襟首をつり上げるようにする。

「とりあえず黙れ。作業場の規則を守れ。他人の仕事をぶんどろうとするのは規則違反《いはん》だ」

「けど、あの野郎《やろう》が！」

「黙れ。来い」

ぐいぐいとキャットの襟首を引っ張り、ヒューは五、六歩出入り口の方へ向かって歩き出す。

するとヒューの背に、ニコルの声があたった。

「職人頭。そいつに、しっかり礼儀《れいぎ》ってやつを教えてくれよ」

ヒューは立ち止まり、鋭《するど》い目で睨み、まっすぐニコルを指さす。

「おまえもしっかりしろ、ニコル。こんな餓鬼に仕事のだめ出しをされてるようじゃ、無駄《むだ》に年を食っただけの職人と言われるぞ。仕事に、技《わざ》の出し惜《お》しみをするな」

その指摘《してき》に、ニコルはばつが悪そうに視線をそらした。さらにヒューは野次馬たちを見回した。

「みんなにも言っておくが、どんな仕事でも手を抜くのは許さんぞ。そんな奴《やつ》は、本工房《こうぼう》の作業場に置いておく必要がない。だが、こいつみたいに、職人の和を乱す勝手な言動もするな」

そのままヒューは、キャットを引きずって庭を横切り母屋の脇《わき》をすり抜け、母屋の玄関脇《げんかんわき》に連れて行った。そこは表通りに面しているので人通りもあり、さすがのキャットも喚いたり叫《さけ》んだりはできないだろうと思ったからだ。

「てめぇ、放せ！」

「わかったわかった。作業場に駆《か》け戻《もど》って、またニコルに食ってかからないなら放してやる」

「するか！」

襟首を放してやると、キャットは乱れた襟を直しながら吐《は》き捨てた。

「あの野郎は我慢《がまん》できねぇ」

「ニコルもそう思ってるだろうぜ」

ヒューは玄関脇の壁《かべ》によりかかり腕組《うでぐ》みし、こいつはどうしようもないな、と、半ば諦《あきら》めながらキャットを眺《なが》める。

白っぽい灰色の髪《かみ》と、青い目。襟や袖《そで》に刺繍《ししゅう》を施《ほどこ》した洒落《しゃれ》っ気のあるシャツを着ているので、他《ほか》の職人連中と比べると身なりが格段に洗練されているのは昔からだ。キャットは不思議と、身なりだけは気を遣《つか》ってきちんとしている。子供の頃《ころ》からそうしつけられたのだろうが、そのわりに言葉遣《ことばづか》いや生活態度がてんでなってない。いったいどういう基準で彼は育てられたのか、首をひねりたくなる。

「とりあえず、おまえは作業場の規則を守れよ」

「ならあの野郎が作る砂糖菓子《がし》を黙《だま》って見てろってのか？　あれを渡《わた》される客が、どんな顔をすると思うんだよ、てめぇ」

職人頭《がしら》のヒューを捕《つか》まえて、てめぇ扱《あつか》いだ。この口のきき方も、彼が工房でもめ事を起こす大きな要因になっているのは間違いない。

「ニコルの仕事については、おまえの意見に賛成だ。だが職人から仕事を取りあげる権限は、俺か長《おさ》にしかない。いいか、キャット。あまりもめ事を起こすな。おまえの工房での立場が悪くなる。俺が庇《かば》うのにも限界があるぞ」

「庇ってくれと頼《たの》んだ覚えはねぇ！」

詰《つ》め寄ってくるので、ヒューは手をあげていなす。

「俺が庇わなきゃ、おまえさん今頃《いまごろ》、職人連中に簀巻《すま》きにされて街道《かいどう》に捨てられてるぜ」

「上等だやってみやがれ！」

「おまえが砂糖菓子を作らなくなりゃ、俺も喜んで簀巻きに参加してやるよ」

職人頭のヒューにしてみれば、キャットは心底、手のかかる職人だ。時々、首を絞《し》めあげたくなるのも事実だが、彼の作る砂糖菓子の繊細《せんさい》さには息を呑む。それを見たいがために、首を絞める衝動《しょうどう》をおさえ、彼を庇っていると言っても過言ではない。

彼は取り憑《つ》かれたように執念《しゅうねん》深く、驚《おどろ》くほどの集中力と熱意で砂糖菓子を作る。彼の頭の中のほとんどは砂糖菓子のことで、その他の、規則だとか人付き合いだとか、そんなことは一切《いっさい》合切まとめて、頭の隅《すみ》っこにぐしゃぐしゃに押しこめられているだけなのだ。

キャットは、馬鹿だと思う。だがそうであるからこそ、彼の作る砂糖菓子はヒューを惹《ひ》きつける。砂糖菓子のことしか考えられないキャットが、羨《うらや》ましいとさえ思うこともある。

ヒューは砂糖菓子のことだけを考えたいと思いながらも、やはり、砂糖菓子を作るためにある周囲のあれこれが目に入ってしまうのだ。作業場のこと、職人のこと、長のこと……。

キャットはふんと鼻を鳴らして、じろりとヒューを見やる。

「それはそうと、てめぇ、また長に呼ばれてやがったな。ただの仕事の話じゃねぇだろう」

「意外だな？　気づいてたのか」

「俺だって噂話《うわさばなし》くらいは知ってんだ……てめぇ、派閥の長を継《つ》げと言われてんだろう」

肩《かた》をすくめてみせる。

「まあな」

「長なんぞに、なる必要はねぇだろうが。長なんぞになってみろ、職人とは名ばかりで、ほとんど作業場に顔を出せなくなる。そんなのはもう職人じゃねぇ」

彼の冷静な言葉に苦笑《くしょう》する。

「その辺りはほんと、おまえは、よくわかってるな。その頭が、他に働かないのが残念だがな」

マーキュリー工房派の長には、息子《むすこ》が一人いる。職人として修業《しゅぎょう》しているという建前だが、実際は作業場に顔を見せることもなく遊び暮らしている。その息子に長の座を譲《ゆず》ることをよしとせず、現長は、ヒューを養子に迎《むか》え、その地位をヒューに譲りたいと願っているのだ。

だがそうなれば、キャットの言うように職人として砂糖菓子を作る時間は激減する。長になるということは、派閥《はばつ》配下の職人たちをまとめ、守る役目を担《にな》うということなのだ。たくさんの工房と職人たちをまとめ守る仕事が、どれほど煩雑《はんざつ》で気力と体力を要するか。砂糖菓子だけを見つめ、銀砂糖の手触《てざわ》りを楽しむだけの職人ではいられないのは確かだ。

「引き受けるのかよ？」

「正直、迷ってるな」

「迷う必要なんかねぇ、てめぇは、職人だ。長になんかなるんじゃねぇ」

「へぇ、俺を職人として認めてるのか。自分以外の誰《だれ》も認めてないのかと思ったがな」

「俺はそこまで傲慢《ごうまん》じゃねぇ」

「いや、傲慢だ。とにかく人の仕事をぶんどろうとするな。しかも今日は、大切な客が来る。これ以上騒《さわ》ぎを起こすと……」

と言いかけたとき、表通りを行き交《か》う人波がひときわざわめいた。人々は道の端《はし》に避《よ》けると、道路を南側からやって来る二頭立ての馬車の方へ視線を向けて囁《ささや》き交《か》わす。黒塗《くろぬ》りで地味なしたての馬車だったが、その塗りの質感や馬の毛並みのよさから、貴族の、しかもかなり身分の高い者のお忍《しの》び馬車であることは明らかだった。

ヒューは舌打ちした。

「お客様のおいでだ。わざわざルイストンから、マーキュリー工房の砂糖菓子を求めて注文に来ると連絡《れんらく》があった伯爵《はくしゃく》様だぞ。失礼のないように頭をさげてろ」

「けっ！　どこの貴族だ、暇人《ひまじん》め。俺は作業場へ帰る」

キャットはそっぽを向き奥へ入ろうとするが、その肩を無理矢理《むりやり》押さえた。

「ここにいろ！　馬車の小窓から従者の顔が見えてる。この状態じゃ、俺たちが伯爵様のお迎えに出ていたと思われてるだろう。おまえはもう、お迎えの一員と認識《にんしき》されてる。それが尻《しり》を向けて消えたら、無礼だと怒《おこ》り出すぞ」

「くだらねぇ」

「くだらないのが、へりくだりってやつだ」

一応、ヒューの立場をおもんぱかってくれたのか、キャットはその場にとどまり顔を伏《ふ》せる。ヒューも顔を伏せると、それと同時に馬車が目の前に滑《すべ》り込みゆっくりと停車する。

馬車の扉《とびら》が開き、従者らしき老人が降り立ち、それに続いて黒い地味なマントを身につけた四十代後半の男が降りてきた。この黒マントの男が、庶民趣味《しょみんしゅみ》と周囲から揶揄《やゆ》される変わった趣味《しゅみ》の持ち主、ガーランド伯爵なのだろう。

「迎えご苦労。マーキュリー工房《こうぼう》の者たちだな？　顔をあげなさい」

そう告げた従者の言葉に従い、ヒューとキャットは顔をあげた。

顔をあげた瞬間《しゅんかん》、隣《となり》にいたキャットが呻《うめ》くような声を出した。そして同時に、黒マントの伯爵もあっと声をあげて驚愕《きょうがく》の表情になる。

——なんだ？

ヒューが二人を見比べていると、キャットはみるみる蒼白《そうはく》になり、じりじりと後ずさりをはじめていた。

呆然《ぼうぜん》とキャットを見つめていた伯爵は、やっと絞《しぼ》り出すように言った。

「……おまえは……こんなところに……」

その途端《とたん》、キャットはいきなり背を向け、作業場へ続く敷地《しきち》の奥へ駆け込んでいった。

「待ちなさい！」

キャットを追って中へ駆け込もうとする伯爵の前に、ヒューは慌《あわ》てて立ちはだかった。工房の職人に関することは職人頭のヒューの責任であるし、また職人を守るのも仕事だ。

「お待ちください！　どうなされましたか⁉　わたしはマーキュリー工房派本工房の職人頭、アクランドです。うちの職人が、なにか無礼でも働きましたか⁉」

咄嗟《とっさ》に頭に浮《う》かんだ可能性は、キャットがいつもの調子で、過去、どこかで、伯爵様にとんでもない無礼を働いてしまった可能性だった。

「職人？」

伯爵は瞬《またた》き、さらに驚いたようにおうむ返しにした。

「職人と？　しかし、あれは……」

伯爵がなにか言おうとすると、隣にいた従者が、主人を制するように割って入る。

「伯爵様。とりあえず中に入りましょう」

「あ……ああ……そうか。そうだな……」

伯爵は動揺《どうよう》を隠《かく》すように口元に指を当て、声を震《ふる》わせた。その表情も声音《こわね》も、かつて無礼を働いた犯人を見つけた怒《いか》りとはほど遠い。

——これは、なにか事情がありそうだな。

ヒューは、伯爵と従者の先に立ち母屋《おもや》の中に導いた。


「長のマーキュリーは病身のために、職人頭のわたしが代理です。ご容赦《ようしゃ》ください」

母屋一階には広い客間があり、テーブルとソファーのセットが置かれている。そこに腰《こし》を落ち着けたガーランド伯爵ではあったが、目はしきりに出入り口を気にし、落ち着かない様子だ。

「いや、君でかまわんよ。アクランド君。わたしは君の評判を耳にして、君の砂糖菓子《がし》が欲しくてやって来たのだし……」

と言いかけたとき、扉がノックされた。すると伯爵はなにかを期待するように腰を浮かせ扉を見やったが、手伝いの妖精《ようせい》がお茶を運んできた姿を見ると、あからさまに失望のため息をつきソファーに座りこんだ。片手で目元を揉《も》む。ガーランド伯爵の挙動は不審《ふしん》だったが、彼の青い目は優《やさ》しげで、貴族特有の、庶民《しょみん》に対する冷淡《れいたん》さは感じられなかった。

——なるほど、庶民趣味か。

砂糖菓子が欲しい時、貴族ならばたいてい、自分の城か屋敷《やしき》に職人を呼びつける。しかしガーランド伯爵は職人を呼びつけることなく、自分で出向いて来た。その変わった行動は、己《おのれ》が貴族であるという、根拠《こんきょ》のない優越《ゆうえつ》感の希薄《きはく》さから来ているのかもしれない。それは貴族としては常識外れだが、人間としてはなかなか公平な感性だ。

「なにか気にかかることでもありますか？　伯爵様」

問うと、伯爵は待っていたとばかりに身を乗り出す。

「さっき玄関《げんかん》にいた彼。彼をここに呼んでもらえないか？」

「承知しました」

拒否《きょひ》する理由はなかった。お茶のカップをテーブルに並べている妖精に、ヒューは告げた。

「ネビル。キャットを呼んできてくれるか？」

言われると、妖精は困ったように眉尻《まゆじり》をさげる。

「それが……。さっき工房から飛び出していきました。キレーンさんが気がついて止めようとしたんですが、キレーンさんを突《つ》き飛ばして、一目散に。キレーンさん、かんかんです」

その答えに、伯爵があからさまに肩《かた》を落とす。深くソファーに沈《しず》み込むと、呟《つぶや》いた。

「逃《に》げたのか……。また……」

「伯爵様。いったい彼にどのような用件があるのですか？」

「彼は」

伯爵が答えようとすると、ソファーの背後に立つ従者が遮《さえぎ》るように言葉を発した。

「立ち入ったことは訊《き》かないでよろしいアクランド。伯爵様も、この場で話すべきことととそうでないことを、冷静にご判断ください」

「申し訳ございません」

貴族の顧客《こきやく》も多いヒューは、引きどころを心得ていた。あっさりと頭をさげたが、彼らがこんな反応をするときには、たいてい、なにかしら厄介《やつかい》な事情が絡《から》んでいる時だということを知っている。

――いったい、なにがあるんだ。

さらに従者が続ける。

「ここにきたのは他《ほか》でもない。このたび伯爵様は、国王陛下より領地の加増を受けたのだ。その祝いもかねて、盛大に伯爵様の誕生会を催《もよお》すのだが、そのための砂糖菓子を作ってもらいたいのだ。そなたの評判を耳にして、伯爵様はわざわざここまでいらしたのだ。だからもちろん、そなたに作ってもらいたい。できるかな？」

「はい。それは納期にもよりますが……」

　と答えたとき、

「いや」

　ふいに、伯爵《はくしゃく》が顔をあげた。

「君に頼《たの》みたいと思って来たのだが、気が変わった。さっき玄関にいた彼。彼の作った砂糖菓子が欲しい」

「伯爵様!?」

　従者が責めるように声をあげたが、その時だけ、伯爵は険しい表情で背後の従者を睨《にら》んだ。

「なにか問題があるか？」

「なにをお考えなのですか、伯爵様。もしやまた……あのことは五年前にうやむやになって、今更《いまさら》……」

「うやむやになったからこそ、今、やり直すべきだろう。わたしが欲しいと言っているんだ、否《いな》やは言わせんよ」

　厳しい口調で宣言する伯爵に、従者は諦《あきら》めたようにため息をつき頷《うなず》いた。

「……わかりました。伯爵様がそう仰《おっしゃ》るのなら」

　伯爵と従者のやりとりを聞きながら、嫌《いや》な予感がした。彼らとキャットに、なにかしら深い因縁《いんねん》めいたものがありそうだ。

「アクランド君。あの彼は、職人だと言ったね。ならば砂糖菓子を作れるはずだね？　彼の砂糖菓子を、七日後にわたしの屋敷へ届けてくれ。届けるのは作った職人本人。その条件で、工房として仕事を受けてくれるかね？　受けてくれるならば、三百クレスを支払《しはら》う」

銀砂糖師に対してならばともかく、年若い職人が作る砂糖菓子に三百クレスはあり得ない金額だった。しかしその金額は、彼らが、砂糖菓子以外に求めているものがあるからこその三百クレスだ。

――なにがある？

不穏《ふおん》さを感じるが、職人頭《がしら》として三百クレスの仕事を断るわけにはいかなかった。これは伯爵家から正式に、マーキュリー工房派本工房に依頼《いらい》された仕事なのだ。

「わかりました」

ヒューが頷くと、伯爵の表情が緩《ゆる》む。

「頼んだよ、アクランド君。条件を違《たが》えずに」

「それで砂糖菓子はなにをお作りしますか？　ご希望をうかがいます」

すると伯爵は軽く笑った。

「なんでもいい」

ヒューは眉《まゆ》をひそめる。

「なんでもいい、と仰いましたか？」

「君にお願いするなら、あれこれ考えていたんだが。彼が作るのならば、彼に任せる。彼が作りたいものを作ってくれ。そのかわり、必ず彼が作品を届ける条件だけは、違えずにいてくれ」

伯爵は笑顔《えがお》で立ちあがると、入ってきたときとは別人のような、嬉《うれ》しそうな表情で扉《とびら》へ向かって歩き出す。伯爵が馬車に乗り込み、その馬車が街路の向こう側へ姿を消すのを見送ってから、ヒューは肩に手を当てて軽く首を回した。

「伯爵様は説明する気なしか。キャットに事情を訊かねばならんが……」

キャットは工房を飛び出してしまったらしい。心底、厄介な奴《やつ》だとため息が出た。

しかし調べてみると、彼の部屋の荷物も金もそのままだったので、いずれ帰ってくるだろうと予想はついた。

いつものように仕事をこなし夕食をとると、ヒューは自室に入り明かりを消した。ベッドに横になり、廊下《ろうか》の気配に耳を澄《す》ましていた。

真夜中近く。

足音を忍《しの》ばせて母屋《おもや》の階段を上ってくる人の気配がした。ヒューは起き上がると、そっと自分の部屋から出た。

月明かりが射《さ》しこむ薄闇《うすやみ》の廊下には、職人たちの部屋が並んでいる。ヒューの部屋のはす向かいの扉の前に、人影《ひとかげ》がある。こそこそ自分の部屋へ入ろうとしている灰色の髪《かみ》の人物にヒューは近づき、彼の背後に立つ。

「ずいぶんごゆっくりだったな、キャット」

囁《ささや》くように声をかけた。びくっと飛びあがったキャットの口を塞《ふさ》ぎ、もう一方の手で腕《うで》を摑《つか》み、彼の部屋の扉を肩で押して中に滑《すべ》り込んだ。

カーテンが開きっぱなしの室内の床《ゆか》に、月明かりが窓枠《まどわく》の形に落ちている。

部屋に入ると、突き飛ばすようにして手を放した。キャットはつんのめってたたらを踏《ふ》んだが、すぐに体勢を立て直し、きっとヒューを睨みつけた。

「なにしやがる！」

「静かにしろ。周りの部屋の連中が起きる。野次馬《やじうま》が群がる中で、昼間の話をしたいか？」

ぐっとキャットは悔《くや》しげに言葉を飲みこみ、顔を背《そむ》ける。

ヒューはキャットに近づき、厳しい顔で告げた。

「ガーランド伯爵から、仕事の依頼だ。伯爵の領地加増と誕生祝いのための砂糖菓子《がし》を、おまえが作れ。なにを作ってもかまわんそうだ。期限は七日。できあがり次第《しだい》、作品をルイストンの伯爵邸《てい》へおまえが届けることになった」

キャットは再びヒューを睨《ね》めつける。

「砂糖菓子を作れだ⁉　絶対に作らねぇぞ、俺は。誰《だれ》があんな野郎《やろう》の砂糖菓子を作るか」

「作ってもらう。これはマーキュリー工房《こうぼう》として受けた仕事だ、おまえに拒否する権利はない」

「なら工房なんぞやめてやる！」

こらえきれなくなったように怒鳴《どな》ると、キャットはそのままヒューの脇《わき》をすり抜《ぬ》けて扉へ向かおうとする。その腕を摑んだ。

「待て！」

「放しやがれ！　俺は作りたい奴にしか作りたくねぇ！」

そんなわがままが、工房に所属する職人として通用するはずがない。工房に所属する職人は、工房が引き受けた仕事は絶対にこなさなくてはならない。それは当然のことで、いかなキャットでも、その基本が理解できないとは思えない。

「そんな気ままが通ると思うのか」

「気ままじゃねぇ！　作りたくねぇんだから、作れねぇ！」

「ならば伯爵に作りたくない理由を言え！　きちんと説明しろ！」

「うるせぇ！　てめぇは職人頭だから、工房の仕事をふいにしたくねぇだけだろうがよ！」

睨みつけてくる青い瞳《ひとみ》が、薄闇の中、潤《うる》んでいた。

――こいつ……⁉

それは我が儘《まま》や気ままで、拒否《きょひ》している顔ではなかった。「作れないのだ」と、心の底で呻《うめ》いているようにすら見えた。

キャットは常に怒《いか》り、傲然《ごうぜん》とし、迷いや弱みなど合わせ持っていない人間に思えていた。しかし今、彼の目には、途方《とほう》に暮れながらも必死で強がろうとしている子供のもろさがあった。今まで見たことがない彼の表情に、胸をつかれる。

職人が、全力で拒否している。同じ職人だからこそよくわかった。

「俺が納得《なっとく》する理由ならば、俺が客に断ってやる！」

思わず言った。キャットが、驚《おどろ》いたように猫目《ねこ》を見開く。

キャットが仕事を拒否するには、彼の人生に深く絡《から》まった問題があるからだ。もしそうであるならば、ヒューは職人頭として配下の職人を守る必要がある。

全力で仕事を拒否する職人には、なにかしら理由がある。それを無理強《むりじ》いさせることは、職人をつぶす。しかし甘やかしてやるつもりはなかった。

「説明しろ！　理由を説明できない奴は、職人と名乗るな！　だが俺が納得すれば、俺は職人頭だ。俺の作業場にいる職人は守ってやる！」

唇《くちびる》を噛《か》みヒューを睨《にら》みつけていたキャットは、ふいと視線をそらした。腕をとられたまま、キャットは力をなくしたようにその場に座りこんだ。手を放してやると、立てた片膝《かたひざ》に両手を乗せ、そこに額をつけた。

キャットは押し黙《だま》る。自分の中にあるものと葛藤《かっとう》しているかのように、何度も両手に額をすりつける。

　ヒューは、窓から落ちる四角い月明かりが、ブーツの先にかかっているのを見つめて、静かに待っていた。するとようやくキャットが口を開いた。

「あいつが、現れるなんざ……思ってもみなかった。でもあいつの妙《みょう》な趣味《しゅみ》のことを考えりゃ、工房にのこのこ出向いてきても、ちっともおかしくはねぇよな……」

　自嘲《じちょう》するように呟《つぶや》く。ようやく口を開いたキャットを脅《おど》かさないように、ヒューは静かに彼の前に膝《ひざ》をつく。

「ガーランド伯爵《はくしゃく》とおまえの間に、なにがある」

「あいつは……」

　そこで言葉を切り、しばし沈黙《ちんもく》の後にキャットは告げた。

「あいつは、おれの親父《おやじ》だ」

　──父親？

　伯爵が父親となると、キャットは伯爵家の子息ということだ。しかし。

「しかし、おまえ……言葉遣《ことばづか》いも生活態度も、貴族らしくはないがな」

　キャットの身なりは洗練されているし、どことなく品のある顔立ちをしてはいる。黙って立っていれば、なるほど血筋が良さそうに見えないこともない。しかし、喋《しゃべ》ると台無しだ。キャットの言動のどこにも、上品に躾《しつ》けられた痕跡《こんせき》はない。

「あたりめぇだ、俺は貴族の暮らしなんかしたことねぇ」

ようやくキャットは顔をあげ、青い瞳でヒューを見つめる。ヒューは今更《いまさら》ながら、その瞳の色がガーランド伯爵の瞳とよく似ていることに気がつく。

「俺のお袋《ふくろ》はあいつの屋敷《やしき》で働いていて、あいつの手が付いて、俺を身ごもった。それで屋敷から追い出された。でも、あいつはお袋に月々金をやってルイストンの小さな貸家に住まわせて、自分もときどきやってきてた。わざとらしく、毎回花束なんか持ってきてお袋を喜ばせて。身分を隠《かく》して、数日間滞在《たいざい》して。庶民《しょみん》の親子ごっこをして、あいつは帰っていくんだ」

庶民趣味。

伯爵が貴族社会でそう揶揄《やゆ》される、本当の理由がわかった気がした。

自らの子供を産んだ庶民の女性を街中に匿《かくま》い、自分もときおり、伯爵という身分を隠してその家に滞在する。庶民の暮らしに憧《あこが》れ、そうやってときおり羽を伸《の》ばす。

キャットは膝の上で拳《こぶし》を握《にぎ》った。

「でも多少大きくなりゃ、俺だって気がつく。……お袋と俺は……、あいつのままごとにつきあってるだけだ。あいつに飼われて……、ままごとの相手をさせられてんだってな」

キャットの言葉に、石を飲んだような気持ちになる。自分たちの立場に気がついていたキャットとその母親が、どれだけ惨《みじ》めだったのか。

ヒューにも覚えがある。施《ほどこ》しを受け、哀《あわ》れみを糧《かて》にしてしか生きられない、悔しさ。ヒューは過酷《かこく》な路上生活でそれを味わったが、キャットは人生丸ごと、施しの中にすくい取られていたのだ。

て現れるのは、彼の精一杯《せいいっぱい》の誠意だった可能性もある。

しかし伯爵には、その惨めさは理解できないだろう。逆に、親子を養い、ときおり父親とし

「でもお袋が死んだら、こんどはガーランド伯爵邸に養子として入れと言いやがった。庶民の腹から生まれても、伯爵家の血の子供を、放《ほう》っておくわけにはいかねぇとよ。今度は、俺を屋敷で飼うと言いやがったんだ！　まっぴらだ！」

感情が高ぶってきたらしく、キャットの言葉は激しくなり、その瞳が再び潤む。

「俺はお袋のように飼われて人生終わるのは我慢《がまん》ならねぇ！　一人で食って、自由にできる力を手に入れるために職人になりたくて、ここに来た！　あいつは俺を飼ってやがったんだ。あんな野郎と縁《えん》を切るために、俺は職人になったんだ。あんな野郎のために、かけらだって砂糖菓子なんか作ってやるかよ！」

ぶちまけるように叫《さけ》んで、ぎらぎらと怒りを秘《ひ》めて睨みつけてくる潤んだ目を見ていると、キャットの不器用さが痛ましくなる。自らの身の上を自らで哀れみ、泣き、慰《なぐさ》めを求められる人間ならばもっと楽だったはずだ。彼は慰めすら拒否し、ただ怒《おこ》る。自らの心を引っ掻《か》くようにして、怒り続ける。

「……作れ」

ヒューは静かに言った。キャットがかっとしたように、さらに声を高くする。

「俺は作りたくねぇ理由を説明した！　納得できねぇってのかよ!?」

「納得はした。だが、だからこそ、作れ。おまえは職人だろう」

強く、告げる。

「そうやって伯爵に言いたいこと、ぶちまけたいことがあるなら、そのために作れ。さいわい相手は、おまえの好きなものを作れと言ってるんだぜ。あいつに言いたいことはないのか？　あるとすれば、わめき立てるだけでなく、職人らしく相手につきつけろ」

「作らなくていい」と慰めたところで、根本的な彼の傷を癒《い》やすことにはならない。自分の心を引っ掻く行為《こうい》を認めてしまえば、彼はずっとそのままだ。だから彼は作る必要があるのだ。そもそも、彼は職人なのだから。職人らしく、立ち向かう方法がある。

驚いたように、ぽかんとした表情でキャットはヒューを見あげていた。その表情は十七歳の少年らしく幼さもあり、常に生意気な彼が、年相応に可愛《かわい》く見えた。

「作れ。キャット」

再び静かに、強く優《やさ》しく言う。キャットはうつむいた。いつまでたっても彼一人では動けそうもなかったので、ヒューはその二の腕《うで》を摑《つか》んだ。

「来い」

立ちあがり、キャットの腕を無理に引っ張り上げて立たせた。迷い戸惑《とまど》い、どうしたらいいのかわからないらしいキャットを、そのまま引っ張って作業場まで行った。

月明かりが射《さ》しこむ作業場には、仕事終わりに撒《ま》かれた聖エリスの実の粉の香《かお》りが強く香《かお》っている。作業台の側でキャットの腕を放し、ヒューは作業場の中にある蠟燭《ろうそく》に次々と明かりを灯《とも》した。冷水をくみ、作業台に置く。色粉の瓶《びん》、ヘラやめん棒、切り出しナイフなどの道具を並べる。無言でそれらの準備をするヒューを、キャットは呆然《ぼうぜん》と見つめていた。

最後にヒューは、銀砂糖の樽《たる》から、石の器《うつわ》で銀砂糖をくみあげる。それを石を貼《は》った作業台の上にあけた。目の前にさっと広げられた銀砂糖の、青みをおびた純白の輝《かがや》き。それにキャットの視線が吸い寄せられる。

銀砂糖の色と輝きと香りは、職人の本能を刺激《しげき》し、目覚めさせる。彼が本物の職人であるならば。

「それが、おまえの誇《ほこ》りを守るものならば、……見せつけろ」

ヒューの言葉に、キャットは顔をあげた。その青い目にはすでに迷いがなかった。銀砂糖を前に、強い意志の光が見えた。

こくりと、キャットは頷《うなず》く。

彼がヒューの言葉に素直《すなお》に頷いたことは、後にも先にもこの時だけだった。そして彼は、腕まくりをすると冷水に両手の指を浸《ひた》した。

指を冷やすと、別の器にいれてあった冷水を銀砂糖に混ぜる。そして一気に練りはじめる。

キャットの細い指は器用に丹念《たんねん》に素早く動き、銀砂糖は見る間になめらかにまとまり艶《つや》を増す。その迷いのない手つきを、ヒューは、なかばうっとりと眺《なが》める。

——いい職人だ。

技術の確かさと、銀砂糖を前にした時の姿勢のまっすぐさ。

ヒューは職人頭《がしら》として作業場を守らなくてはならないが、作業場を守るということは、結局職人を守ることだ。すべての職人を守ってやると豪語《ごうご》するほど、ヒューは世話好きではない。だがキャットのような職人は、守らなくてはならないと感じた。それは砂糖菓子《がし》を守ることと同じことだ。

「さとうがし。きれいね、おにいちゃ」

その時ふいに、耳に幼い妹の声が甦《よみがえ》った。

「おにいちゃ。きれいね」

幼い妹の声は、ヒューを砂糖菓子とともに歩む人生へ否応《いやおう》なく駆《か》り立てる業《ごう》の声であり、また、砂糖菓子を守る守護聖人の声にも聞こえる。

キャットの指は休みなく動く。練り上げた銀砂糖に、灰色を混ぜ込み艶のある白銀色を作る。淡《あわ》いピンク。淡い青。鮮《あざ》やかな緑。優しい黄緑。次々と、彼は確信を持って色を作りあげていく。彼の目には作るべき砂糖菓子の形が見えているのだろう。

そしてそれを指先でなぞり、追い、求めるように形にしていく。

夜が明けるまで、キャットは休みなく作業を続け、ヒューもまたその作業に見とれていた。職人が呻《うめ》き、もがくようにして作り出す形に魅了《みりょう》された。それは憤《いきどお》りや、悔《くや》しさや、哀《かな》しさや、惨めさや、すこしの喜びや、さまざまなものがない交ぜになったものなのだろうが、ただ純粋《じゅんすい》に美しかった。

その日から三日間、キャットはほとんど作業場から出なかった。

ヒューはキャットが作業を続ける作業場に他《ほか》の職人が立ち入ることを禁じ、彼に作業を続けさせた。

そして四日後にキャットは作品を完成させた。それを届けるのは、職人頭のヒューとキャットの役目だった。それを聞かされても、キャットは毒づくことも逃《に》げ出すこともなく、ともに王都ルイストンのガーランド伯爵邸《はくしやくてい》へ赴《おもむ》くことを了承《りようしよう》した。

マーキュリー工房《こうぼう》派本工房があるウェストルからルイストンまでは、馬車で三日の距離《きより》がある。作品の完成の翌日に、ヒューはキャットをともなってルイストンへ向かった。

ガーランド伯爵邸を、マーキュリー工房派本工房の職人頭のヒュー・アクランドと、作品を作った砂糖菓子職人アルフ・ヒングリーが砂糖菓子の納品のために訪問した。

伯爵邸の客間に通された二人の職人は、持参した砂糖菓子に布を被《かぶ》せたままテーブルの上に置き、本人たちは直立して主人の登場を待っていた。

ヒューは失礼にならない程度に、茶の上衣《うわぎ》を身につけ身なりを整えていた。キャットも、黒い上衣を身につけている。二人とも同じような身なりだが、キャットの持ちものはどこか洒落《しやれ》ているので、すらりと立つ姿が様になっていた。

しばらくすると、待ち焦《こ》がれたように息せき切らしながら、ガーランド伯爵が客間に飛びこんできた。

「来たか！　アルフ！」

目を輝かせて両手を広げ、キャットを抱《だ》きしめようと伯爵が近づいてくる。キャットは硬《かた》い表情のまま、動くこともままならないのか、じっと伯爵を睨《にら》みつけていた。ヒューは、近づいてきた伯爵の前に立ちはだかるように一歩踏《ふ》み出し、腰《こし》を折った。

「マーキュリー工房派本工房の職人頭アクランドと、ご注文の砂糖菓子を作った職人ヒングリーです」

「ああ、いや。アクランド君。ご苦労だったね。実は先だっては、外出先だったので説明をしなかったのだがね、実はその彼は……」

邪魔《じやま》をされた伯爵が、慌《あわ》てたように説明をしようとするが、ヒューは顔をあげ、その声が聞こえないかのようにあえて伯爵の声を遮《さえぎ》った。

「ご注文の品をご確認《かくにん》ください」

「しかし……」

伯爵はヒューとキャットを見比べる。そして困ったように、硬い表情のキャットに微笑《ほほえ》みかける。

「捜《さが》したんだぞアルフ。急にいなくなったから、この五年間、本当に心配していたんだ」

「……注文の品を確認してください」

震《ふる》えるほど緊張《きんちょう》した声で、キャットが言った。

「アルフ。おまえには紛《まぎ》れもなくガーランド伯爵家の血が」

「確認してください」

強くキャットが繰《く》り返す。

「アルフ」

遮るヒューの脇《わき》をすり抜《ぬ》け、一歩キャットに近づこうとした伯爵を、キャットはかっとしたように細い眉《まゆ》をつりあげ、怒鳴《どな》りつけた。

「作品を確認しろって言ってんだろうが！　聞こえねぇのか!?　しかもアルフ、アルフと、気安く呼ぶんじゃねぇ！　俺はキャットだ！」

理屈《りくつ》も道理もない、ただ感情でいっぱいいっぱいの声に、伯爵の方が怯《ひる》んだ。伯爵は、無礼きわまりない言葉に怒《おこ》るでもなく、ただ困惑《こんわく》したように足を止め、テーブルの上に、布をかけられたまま置かれた砂糖菓子に視線を向ける。

「あれを確認しろと言っているのかい？」

「てめぇが、俺に作らせたんだ」

肩《かた》で息《いき》をしながら、キャットは伯爵を睨みつけた。

「俺に作らせたんだ。だったら、見ろ」

キャットの視線になにを感じ取ったのか。すこしの間を置いてから、伯爵はゆっくりと頷いた。

「いいだろう。確認しよう」

その声にようやくキャットは落ち着きを取り戻《もど》したらしい。深い息をつくと、無言でテーブルの上に置かれた砂糖菓子に近づく。それに倣《なら》い、伯爵もテーブルの前に移動し、伯爵とキャットはテーブルを挟《はさ》んで対峙《たいじ》した。

キャットを見つめる伯爵の目は、懐《なつ》かしさと嬉《うれ》しさに輝《かがや》いている。優《やさ》しい目元が、さらに優しい。キャットは自分によく似たその目の色を、極力見ないようにしているようだった。

「確認してください」

素っ気なく言うと、キャットは砂糖菓子にかけられていた布を取り去った。キャットの顔ばかり見つめていた伯爵の視線が砂糖菓子に移り、そしてその目が見開かれる。伯爵は呟《つぶや》いた。

「……美しい……」

　そこにあるのは、砂糖菓子で作られたドーム形の鳥籠《とりかご》だった。細い格子《こうし》はしなやかな曲線を描《えが》き、その格子は、格子と同じ白銀色の蔓薔薇《つるばら》の花や蕾《つぼみ》、葉や蔓で飾《かざ》られていた。

　白銀色の、わずかな輝きをおびる格子の曲線の中に封《ふう》じ込められているのは、小さな野の花を集めた花束。薄《うす》い青や黄緑やピンクや。様々な色彩《しきさい》の花は、しかし野の花であるがゆえに、薄い花弁と弱々しい細さの茎《くき》だ。透《す》けるような花びらの可憐《かれん》さが、砂糖菓子の艶で一層きらめいている。

　しばしその砂糖菓子を見つめていた伯爵は、ぽつりと言う。

「美しいが……痛々しい」

　華麗《かれい》で美しい鳥籠の中にある花は、触《ふ》れると壊《こわ》れそうなもろさだ。鳥籠の底にぽつりと置かれたその姿は、そこにあることが間違《まちが》いだという印象をぬぐえない寂《さみ》しさがある。その花束は本来、鳥籠の中にあるべきものではない。

「……あんたは、いつもお袋《ふくろ》に、野の花を摘《つ》んできた……。お袋が、花屋で売ってる大輪の花より、小さな野の花の方が好きだって、あんたは知ってたから……」

　まるで独り言のように、キャットは呟いた。はっと視線をキャットに戻した伯爵を、キャットはまっすぐ見据《みす》えた。

「でもこれが、あんたがしていたことだ」

キャットの口調は淡々《たんたん》としていたが、伯爵はまるで、その言葉に胸を射貫《いぬ》かれたように顔を強《こわ》ばらせた。血の気をなくし、そして眉根《まゆね》を寄せ、胸の痛みをこらえるような苦しげな表情になる。

「わたしは二人をそんなつもりで……」

「あんたがどんなつもりだったかなんてのは、関係ねぇ。ただ、事実だ。これがあんたのしていたことなんだ」

キャットの言葉は飾り気がなく、むき出しだ。そのむき出しのものが、鋭《するど》くまっすぐに相手に斬《き》りこんでいく。

「俺は職人だ。こうやって、砂糖菓子《がし》を作って生きていける。生きるために、俺は砂糖菓子を作る。作ってりゃ楽しい。それ以上なんにも必要ねぇ。あんたにだって、作った。……これは作っていても楽しくなかった。けどこれ以外、あんたに作りたいものは、思い浮《う》かばない。だから金輪際、あんたには作るつもりはねぇ。最初で最後だ」

伯爵は目を見開き、唇《くちびる》を震わせた。だがなにも言葉は出なかった。キャットは伯爵から目をそらさずに睨みつけていたが、彼もまた、動けないらしい。

これ以上、キャットは一言も言葉が出ないだろう。不器用な彼がこれ以上なにかしようとするならば、無様に泣きわめくしかないかもしれない。けれど彼はそんなこと絶対にしない。だから、なにもできない。ヒューにはそれがよく分かった。

——充分《じゅうぶん》だ。キャット。

ヒューはそっとキャットに近寄って、彼の背を撫《な》で、促《うなが》すように押し出した。

——ここからはおそらく、職人頭《がしら》の俺の仕事だ。

その思いが伝わったのか、キャットはようやく伯爵から視線をそらし軽く一礼すると、きびすを返して客間から出て行った。

扉《とびら》の閉まる音に、ようやく伯爵がはっとしたように扉の方を振《ふ》り向く。キャットを追いたそうに一歩足を踏み出しかけるが、それ以上、足は動かない。

「ガーランド伯爵。マーキュリー工房《こうぼう》の職人が作った砂糖菓子は、お納め頂けますか？」

ヒューが問うと、伯爵はゆっくりとこちらに向き直った。

「アクランド君……彼は……わたしの……実子なんだ。五年前、彼の母親が死ぬのと同時に、わたしの前から姿を消してしまってから、ずっと捜していたんだ。……わたしの子なんだ」

途切《とぎ》れ途切れの声に、ヒューは首を振った。

「彼は職人です」

「いや……いや、彼は。彼はアルフ・ヒングリーではない。ヒングリーは彼の母の姓《せい》だ。彼の本当の名は、アルフ・ガーランドだ。わたしの実子だ」

「彼はマーキュリー工房派本工房の職人で、仲間からキャットと呼ばれている、職人です」

「彼はわたしの実子なのだと言っているだろう！　彼はもう、ウェストルに帰さない。屋敷《やしき》の者には、彼を屋敷から出すなと命じてある。君は一人で帰りなさい！」

業を煮《に》やしたように、伯爵《はくしゃく》が声を荒《あら》げた。

「いいえ、彼は職人です。わたしが預かる作業場にいる職人です。わたしが守るべき、職人です。だから砂糖菓子をお納め頂ければ、ともに帰ります」

「実の親子の関係に口出しできる立場かね!?」

有利な立場にありながら、伯爵はまるで追い詰《つ》められたような焦《あせ》りを顔にはりつかせていた。

ヒューは視線をそらさず、伯爵を見つめる。

「伯爵の権限で、彼をどうこうするのはたやすいでしょう。我々が職人としての彼を保護しようとするならば、銀砂糖子爵《ししゃく》に訴《うった》えるより方法はありません。しかし銀砂糖子爵が、一職人の保護に対してどこまで動いてくれるか……。そもそも、親子の関係をあなたが振りかざせば、銀砂糖子爵は、彼があなたのもとへ引き取られるほうが妥当《だとう》と判断するでしょう。現在の銀砂糖子爵は、良識的ですから。もしわたしが銀砂糖子爵であれば、『親子の縁《えん》なんぞ知ったことか』と鼻で笑いますがね。職人が職人らしくある道を選べなくなることが、職人にとっては最も苦しいのですから。彼はいい職人です。だからわたしは、彼を守ります」

ゆっくりと、ヒューは、繊細《せんさい》で残酷《ざんこく》な、美しい砂糖菓子を指さした。

「伯爵も、もうおわかりなのでしょう。彼に鳥籠は必要ない。捨て置くこともまた、愛情です」

伯爵の唇の震《ふる》えが強くなる。

「二度目の過《あやま》ちは、なさらないでください」

伯爵の視線が、ゆっくりと目の前の砂糖菓子に落ちた。華奢《きやしゃ》で美しい鳥籠に封じ込められた、野の花束。繊細で、きらきらしていて、美しいのに、なにかが間違っている感じがぬぐえないもの。

急に力をなくしたように、伯爵はその場に膝《ひざ》をついた。真正面に鳥籠の砂糖菓子を見つめると、その瞳《ひとみ》が潤《うる》む。

「……見事だね」

伯爵は、涙声《なみだごえ》で呟く。

「見事な、砂糖菓子だね」

「はい。彼はいずれ、遠くない将来、銀砂糖師になれるでしょう。それだけの実力がある」

「彼は、立派な職人だ……。だからこれを、わたしは……受け取るべきなのだと思うよ……」

恐《おそ》ろしそうに、そっと指先で砂糖菓子に触れると、伯爵の瞳に涙が浮かんだ。

「代金を受け取って……帰りなさい」

「そういたします」

一礼し、歩き去ろうとしたその背に、伯爵の声があたった。

「アクランド君」

歩みを止めてふり返ると、震える伯爵の背中だけが見えた。

「わたしは、二人を愛していたんだ。それだけは、間違いないんだよ……」

「わかっています。おそらく彼も、よくわかっています」

答えると、背を向けて扉に向かった。

扉を出た途端《とたん》、思わず足が止まった。キャットが扉の前に、うつむいて突《つ》っ立っていたのだ。

あれ以上あの場で、キャット自身はどうすることもできない。そう自ら悟《さと》り、ヒューにすべてを託《たく》して部屋を出ていったものの、その場から動くことができなかったのだろう。

後ろ手に扉を閉めると、訊《き》いた。

「聞いていたか？」

キャットはうつむいたまま、首を振った。

「……聞いてねぇ」

「嘘《うそ》つけ。聞こえただろう」

「聞いてねぇ。俺はなにも、聞いてねぇ」

頑《かたく》なに言い張りながらも、キャットは顔をあげようとしなかった。ヒューは苦笑《くしよう》して、若くて、有能で、手のかかる職人の頭を、ぽんと叩《たた》く。

「帰るぞ」

ヒューが歩き出すと、キャットは無言でついてくる。

一人の職人の未来を守り通せた喜びが、ゆっくりと胸の中に広がる。そして一歩一歩玄関《げんかん》扉《とびら》に向かいながら、確固たる決意が形になっていた。

――俺は、マーキュリー工房派の長《おさ》になるべきだ。

ガーランド伯爵がキャットを息子《むすこ》として引きとることを諦《あきら》めてくれたのは、伯爵がそもそも庶民《しょみん》に理解があり、道理のわかる好人物だったからだ。

もしこれが貴族らしい貴族であったなら、キャットは今頃《いまごろ》、屋敷に監禁《かんきん》されていても不思議ではない。それを防ぐ唯一《ゆいいつ》の方法は、国王と直接対面の機会が多く、身分のわりには発言力のある銀砂糖子爵に頼《たよ》るしかない。が、現在の銀砂糖子爵は良識派で、ヒューがごり押ししたいような、職人第一主義を認めてくれるかどうかも不安だ。

銀砂糖子爵に一言もの申すには、派閥《はばつ》の長くらいになっておかなければならない。

そうでなければ、職人を守れない。キャットのような職人が、職人でいられるように力を尽《つ》くし守ることも、また砂糖菓子《がし》を愛して守ることと同じだった。そんなふうに思えた。

――俺自身が砂糖菓子を作れなくとも、そのかわりに美しい砂糖菓子を作る職人を最低二人守ることができれば、そのほうが砂糖菓子にとっては価値がある。俺が一つの砂糖菓子を作れなくても、二人の職人が、二つの砂糖菓子を作るほうが。

思い出すのは、昇魂日《ブル・ソウル・デイ》の夜だ。

雪の降り続く中で、国教会の教会の周囲に並べられた砂糖菓子を見て歩いた。小さな妹の手は冷え切って、はやくねぐらに帰って、薄《うす》い毛布の中でその体を抱《だ》きしめて温めてやらなくてはならないと、ヒューは焦っている。けれど妹はなかなか砂糖菓子に見飽《みあ》きてくれず、いくら帰ろうと促しても、「まだ、まだ」と言ってきかなかった。

「さとうがし。きれいね、おにいちゃ」

と、幼い妹が、たどたどしくヒューに語りかけていたその声が、まだ耳に愛《いと》しい。妹が愛したものを守ることが、大切だと思える。

それはヒューの体に取り憑《つ》いた業《ごう》で、そして砂糖菓子を守護するなに者かが、ヒューに与《あた》えた喜びでもあった。

その声が、守れというのだ。砂糖菓子を。そしてそれを作り出す、よき職人たちを。

この後、ヒューはマーキュリー姓となり、マーキュリー工房派長となった。

さらに数年後、銀砂糖子爵を拝命し、自らの望みどおり、砂糖菓子のために生きることになったのだ。

職人としてのキャットを守ったのは、彼のためではなかった。それは自らの業がなせる業《わざ》だ。だからあれは、キャットに貸しを作ったわけではない。それはヒュー自身がよく分かっている。

「なんだよ、業ってのは」

目の前に座っているキャットが、いぶかしげに問う。その声で、ふと現実に引き戻《もど》される。一瞬《いっしゅん》耳に甦《よみがえ》った幼い妹の声を、ヒューは軽く頭《かぶり》を振《ふ》って追い散らす。

「まあ、おまえたちみたいな馬鹿《ばか》と、一生つきあわなくちゃならんということだな」

「何気なく今、俺を馬鹿呼ばわりしやがったか⁉」

「馬鹿じゃなかったか？」

「てめぇは馬鹿かと訊かれて『はい、馬鹿です』って答える、頭のねじがゆるんだ奴《やつ》がいるかよ！」

身を乗り出して胸倉《むなぐら》を摑《つか》んでくるので、ヒューはわざと、

「痛《い》たた！　傷が！」

声をあげてやった。するとキャットはぎょっとしたように飛び退《の》いて、おろおろする。

「なんだ⁉　てめぇ、そんなにやわだったのかよ⁉」

その焦《あせ》った表情が面白《おもしろ》くて、しかめ面《つら》をしていられなくなり、ヒューはゲラゲラ笑い出してしまった。それでキャットも担《かつ》がれたことに気がついたらしく、細い眉《まゆ》をつりあげた。

「この野郎《やろう》！」

と怒鳴《どな》るのだが、今度は用心して摑みかかってこなかった。ちっと舌打ちすると、どかっと座席に座りこむ。それから、吐《は》き捨てるように言う。

「業なんぞと、辛気《しんき》くせぇ言葉使うんじゃねぇ。ボケなす野郎」

そしてぽつりと、続けた。

「この前、銀砂糖子爵《ししやく》の仕事はつまらんとかぬかしやがったよな。それで……思うように砂糖菓子も作れねぇで、てめぇは今、満足なのかよ？」

昔から、キャットは変わらない。ヒューは微笑《びしょう》した。ヒューのことを鬱陶《うっとう》しいと思いながらも、ヒューが職人であるから、その職人としての思いが気になるお人好《ひとよ》しぶりだ。

二年前。ヒューに銀砂糖子爵の打診《だしん》が来たとき、その噂《うわさ》を聞きつけて、キャットはウェストルまですっ飛んできた。彼は独立して、ルイストンで店を始めて一年足らずだった。

キャットは一大決心をした様子で、ヒューに申し出たのだ。マーキュリー工房《こうぼう》の長をやめて、もちろん銀砂糖子爵にもならず、ルイストンで自分と一緒《いっしょ》に工房をやっていこう、と。

もちろん、拒否《きょひ》した。ヒューには、自分の選ぶべき道がわかっていたからだ。

キャットは、これ以上の悪口雑言はないくらい、ありったけ毒づいて帰って行った。

「満足……か」

ヒューは馬車の天井《てんじょう》を見あげて、ふと考える。

——俺は今、なにを守っている？

心が震《ふる》えるほどに美しい砂糖菓子を作る、よき職人。そんな職人を守っているだろうか。

それはキャット。そして偶然《ぐうぜん》の出会いから、その存在を知ることになったアン・ハルフォード。彼女はヒューがキャットの次に出会った、愛すべき二番目の馬鹿者だったのだ。

──今のところ、最低二人の職人は守っている。そして銀砂糖妖精《ようせい》たちを、これから育てる。自由に、思うままに、砂糖菓子を作りたい欲求《よっきゅう》。根っこが職人であるのだから、それが失《う》せたわけではない。

「ときおり、おまえさんたちが羨《うらや》ましくなることは確かにあるが……」

しかし選んだ道には、未来がある。

「まあ、満足だな」

ヒューの言葉に、キャットはふんと鼻を鳴らした。

馬車の窓の外には、春の柔《やわ》らかな光が降り注いでいる。こちらを見ようともしないキャットの髪《かみ》が、光に透《す》けて白っぽく光っている。出会った頃《ころ》から変わらずに、職人としてそこにあり続ける者の存在に、ヒューは心から満足していた。

ひと眠《ねむ》りしようと、ヒューは目を閉じて座席に沈《しず》み込む。馬車の振動《しんどう》は心地《ここち》よく、彼を眠りに誘《いざな》ってくれる。

「さとうがし。きれいね、おにいちゃ」

うつらうつらする中で、再び幼い声が聞こえた気がする。

──そうだな。綺麗《きれい》だ。俺が守り続けるのは、綺麗なものだ。

ぼんやりとしながらも、心の中で答えていた。

「きれいね」

ひととき、銀砂糖子爵は温かな満足感に包まれて眠りに落ちる。

——ああ、綺麗だな。

キャットへの10の質問

1 誕生日はいつですか？
1月3日だ。

2 趣味はなんですか？
砂糖菓子を作ること以外に趣味なんかあるか。

3 好きな食べ物は？
マタタビとか言わせてぇんだろうが、残念だな。鶏肉だ。

4 落ち着ける場所はどこですか？
俺はどこでも落ちつけるし、寝られる。

5 好きな人を教えてください。
いねぇ。……あ、いや。なんだ。
ベンジャミンの野郎は、好きとか嫌いじゃなく、いなくなると困る。

6 今、一番欲しいものはなんですか？
馬車の車軸。（先日壊れた）

7 これをされると怒る！　ということは？
俺の作った砂糖菓子をぶっ壊す奴がいたらしめ殺す。

8 これをされると嬉しい！　ということは？
掃除して飯をつくってくれりゃ、天国だ。

9 ご自分の好きな所を教えてください。
まあ、服だな。それだけは気を遣ってる。

10 夢はなんですか？
死ぬまで砂糖菓子を作り続けられれば本望だ。

猫と妖精の
食卓

「……なんだか。香《こう》ばしい香《かお》りがするね」

食堂に入ってくるなり、キースが控《ひか》えめな突《つ》っ込みをしてくれた。

食卓に朝食用の皿をならべていたアンは、ぎくりと動きを止めた。ミスリルとシャル、二人の妖精は食卓につき、冷や汗《あせ》をかいて動かないアンを呆《あき》れたように見あげる。

キースがアンと共同経営するために準備したこの工房《こうぼう》は、家が建て込む王都ルイストンの中心にありながら、広い裏庭があるおかげで日当たりがいい。

裏庭に面した食堂の窓からは日射《ひざ》しと一緒《いっしょ》に、初夏の朝特有の、濃《こ》い緑の香りを含《ふく》んだ風が吹《ふ》きこんでいた。が、食堂の天井《てんじょう》には煙《けむり》がたまり、部屋全体がなんとなく焦《こ》げ臭《くさ》くて薄《うす》くけぶっている。

キースは食卓にやってくると、皿に盛られた真っ黒い物体を見おろし「これは……」と、絶句した。

「ごめんなさい!」

アンは先手を打って、潔《いさぎよ》く頭をさげた。

「スープの準備とベーコンを焼くのを、同時にしようとしたのが間違《まちが》いだったの! スープはとってもおいしくできたのよ! でもスープに気をとられているうちに、ベーコンが……ベーコンが……」

「こうなったわけだね」

寛容《かんよう》なキースは、ただ苦笑《くしょう》する。

「食べて命の保証はできんが、アンの手料理だ。嬉《うれ》しいだろう。遠慮《えんりょ》せず食べろ」

シャルはハーブ茶のカップに手をかざし、悠然《ゆうぜん》と香りを楽しみながら嫌《いや》みたらしく言う。射《さ》しこむ初夏の朝日が、シャルの髪《かみ》や長い睫《まつげ》に躍《おど》る。憎《にく》まれ口を叩《たた》いていても、端麗《たんれい》さが損《そこ》なわれないのが羨《うらや》ましいと、つくづくアンは思う。

キースは椅子《いす》に座りながら微笑《ほほえ》もうとするが、口元が引きつる。

「アンの手料理は嬉しいけど……」

「なら食べろ。全部やる」

「シャル……僕を困らせて嬉しいの？」

「嬉しいな。かなり」

微妙《びみょう》な緊張感《きんちょうかん》が漂《ただよ》うやりとりに、アンは青くなって皿に手を伸《の》ばそうとした。

「わたし、責任を持って食べる！」

「馬鹿《ばか》！　消し炭を食ったら死ぬぞ！」

ミスリルが慌《あわ》てて、ベーコンの皿をアンの手が届かない場所に押しやる。

食卓に座ると、アンは天板に突っ伏《ぷ》した。貧乏暮《びんぼうぐ》らしが身についたアンにとって、ベーコンは貴重なごちそうだ。それを消し炭にした自分の間抜《まぬ》けさが、悔《く》やまれてならない。

——緊張感が足りないな、わたし。

一ヶ月前には、銀砂糖子爵《ししゃく》ヒューとともに、妖精商人レジナルドとの交渉《こうしょう》に奔走《ほんそう》していた。気が張っていたので、様々なことに目を配り敏感《びんかん》に反応していた。

そして妖精商人との交渉が一段落し、ヒューはアンたちに休暇《きゅうか》をくれたのだ。緊張状態から解放されて気が緩《ゆる》んだのか、アンは自分でもうんざりするほど馬鹿な失敗を連発している。

「そもそも、なんで今日は君一人が朝食の準備をしたの？　ベンジャミンは？」

慣れた手つきで自分のカップにお茶を注ぎながら、キースが首を傾《かし》げる。

銀砂糖妖精の技術を習得するために、工房には今、銀砂糖師のキャットも居候《いそうろう》している。キャットが使役《しえき》する妖精ベンジャミンは、朝は誰《だれ》よりも早く起きて朝食の準備に取りかかる。アンは毎朝、料理上手な彼と一緒に料理をするのだ。彼がいれば、ベーコンが消し炭になることはまずない。

「今朝は姿が見えないの。キャットと一緒にまだ寝《ね》てるのかな？」

アンが天板から顔をあげるのと同時に、裏庭へ続く扉が開き、キャットが大あくびをしながら踏《ふ》みこんできた。

アンとキースは同時に「おはようございます」と挨拶《あいさつ》したが、キャットは「うう」とか「ああ」とか眠《ねむ》そうな目で唸《うな》るように返事してから、前髪《まえがみ》をくしゃくしゃかき回しながら食卓に座る。八割がた寝ぼけているようだが、身だしなみだけはきちんとしていた。キャットは、鼻をひくひくさせて険しい顔になる。

「なんだ？　近所で火事でもあったか？」

「現場はここだ」

シャルが、食卓に鎮座《ちんざ》する消し炭に向かって顎《あご》をしゃくる。目の前の真っ黒い物体に気がつき、キャットがいやそうに皿を押しやる。

「ベンジャミンは具合でも悪《わり》ぃのか。料理だけは失敗したことねぇ奴《やつ》が」

「それ、わたしです」

アンは、しおしおと項垂《うなだ》れながら手をあげる。キャットは横目でアンを睨《にら》んだ。

「料理はベンジャミンに任せな。なにしてたんだ、あいつ？」

ベンジャミンの姿を捜《さが》してか、キャットが食堂の中を見回す。アンはきょとんとした。

「一緒に寝てたんじゃないんですか？」

「俺が起きたら部屋にはいなかった」

「変だよな。今朝は誰もベンジャミンの姿を見てないぞ」

ミスリルが表情を曇《くも》らせた。キャットが眉間《みけん》にしわを寄せる。

「あいつは飯の準備だけは忘れねぇのに」

アンは焦《あせ》って声をあげた。

「ベンジャミンがいないんですか？　そんなこと今までありましたか？　キャット」

「ねぇよ。あいつが料理以外で、積極的になにかするのは見たことがねぇ」

その言葉に、いよいよアンは不安になった。仕事が落ち着き休暇をもらったからと言っても、彼女の周囲がなんの心配もないわけではない。二ヶ月前にシャルの兄弟石の妖精ラファルとエリルが逃亡《とうぼう》し、行方《ゆくえ》が分からなくなっているのだ。

シャルは彼らを警戒《けいかい》して、夜には工房の周囲を見回りしている。

「ベンジャミンの身に何か？　誰かが忍《しの》び込んで、ベンジャミンをさらったとか」

蒼白《そうはく》になるアンに、ミスリルが笑って手を振《ふ》る。

「ないない。だってベンジャミンだぞ？　あいつをさらって、なんの得があるんだ」

「寝ぼけてその辺をほっつき歩いてるかもしれねぇ。捜してくる」

焦ったようにキャットが立ちあがった。

「あ、じゃ。わたしも！」

足早に食堂を出て行ったキャットを追って立ちあがろうとしたアンの手首を、シャルが握《にぎ》った。

「待て。おまえは、とりあえず朝食を食べろ。キャットのように無闇《むやみ》に外をうろつく前に、家の中を確認《かくにん》する必要があるはずだ。俺が確認する」

するとキースはそうかと呟《つぶや》き、立ちあがった。

「それじゃあ、僕も一緒に確認をするよ」

キースの言葉に、シャルが頷《うなず》く。

「坊《ぼう》やは二階を。俺は一階を確認する」

二人が食堂を出ると、アンとミスリルだけが食卓《しょくたく》に残された。

「なにを確認するって？」

ミスリルがきょとんとするが、アンに訊《き》かれても分からない。

「さあ……。でも、とりあえずわたしたちは、朝ご飯食べろって言われたみたい」

食べろと言われても落ち着いて食べられるわけもなく、アンは流し込むようにしてスープを食べ、パンも口の中に押しこんだ。それらをなんとか胃におさめた頃《ころ》に、シャルとキースが食堂に戻《もど》ってきた。二人とも、不審《ふしん》げな表情だ。

「なにか分かったの？」

「何者かが侵入《しんにゅう》した形跡《けいせき》はないね」

キースの言葉を引き継《つ》ぐように、シャルが言う。

「今朝起きたときには、窓も戸口も、鍵《かぎ》は全部かかっていた。しかも通りに面した表の出入り口の合い鍵が紛失《ふんしつ》してる」

アンとミスリルは、食卓越《ご》しに顔を見合わせた。キースはアンのとなりに腰掛《こしか》け、言いにくそうに説明を続けた。

「誰かが侵入してベンジャミンを連れ去った可能性はない。そもそもシャルが毎晩、警戒してくれているのに、彼に気づかれずに侵入するのは困難だよ。そして窓や扉《とびら》がすべて施錠《せじょう》されて、合い鍵が一本紛失してるって事は、ベンジャミンが自分の意思で工房《こうぼう》を出て、外から鍵をかけて行ったんだろうってことだよ」

「それって家出？　なんで？　キャットと喧嘩《けんか》した様子もないし、どうして？　しかも家出って。羽は……」

そこではっとする。ミスリルも唸る。

「あいつ、自分の羽は自分で持ってるんだったよな」

キースが目を丸くした。

「え？　てっきり羽は、ヒングリーさんが管理してると思ってたけど」

「ええっと。基本的には、そうなの」

どう説明するべきか、アンは考え考え口を開く。

「キャットはベンジャミンを使役してるつもりで、羽を管理してるつもりらしいの。けどキャット、いろんなところにベンジャミンの羽を置き忘れるらしくて。結局ベンジャミンが、自分である場所を把握《はあく》して管理してるみたい。ベンジャミンが言うには、キャットは、自分が羽を管理していないことも気がついてないいんじゃないかって」

「置き忘れ……気がついてない……」

キースが信じられないといったように呟く。実際アンですら、この事実を知ったときには唖《あ》然《ぜん》としたのだ。

キャットとはじめて出会ったのは、当時ルイストンにあったキャットの工房だった。ちょっとした事件に巻きこまれ、アンはキャットの家に居候して彼の手伝いをする羽目になった。アンはそこで、ベンジャミンが自分の羽を自分で管理している事実を目《ま》の当たりにした。その時ベンジャミンは、やろうと思えばキャットのもとを離《はな》れられると言っていた。けれど彼は「キャットを見ているのが面白《おもしろ》いからこれでいい」と笑っていたのだ。

シャルは初耳だったらしく、

「間抜けだ」

失礼ながら当然の感想をもらす。

「自分の羽を持ってるなら、ベンジャミンが、使役者のヒングリーさんから逃《に》げ出すことは可能だよね」

キースの言葉に、どきりとした。

羽を取り戻して自由の身になるのは、妖精《ようせい》ならば誰でも望むし、当然のことだ。

本来ならば「良かったね」と見送るべきことだ。

けれどベンジャミンが去った事実を、キャットがどう受け止めるだろうか。彼は「逃げられて悔《くや》しい」と思うのではなく、一緒《いっしょ》にいられないことを悲しみそうな気がした。アンは眉根《まゆね》を寄せた。

「毎日気持ちよさそうに寝《ね》てたから、不満はないと思ってたけど。なにか不満があったのかな？」

「主人が騒《さわ》がしすぎて、ゆっくり眠れないとかか？」

呆《あき》れたようにシャルは言うが、ミスリルが腕組《うでぐ》みをして神妙《しんみょう》な顔で頷く。

「いや、ありえる」

「でもヒングリーさんがうるさいのなんて、今に始まったことじゃないはずだよ」

キースも難しい顔をして考え込んでいると、

「どこにもいねぇぞ、あの野郎《やろう》！」

表通りに面した店の方から、うるさい主人の怒鳴《どな》り声がした。キャットは作業場を抜《ぬ》け、ずかずかと食堂にやってきた。アンたちの姿を見ると、細い眉《まゆ》をつり上げて八つ当たり気味に怒鳴る。

「いねぇってことは、あの野郎、やっぱり誰《だれ》かにさらわれたんじゃねぇか」

借金取りのような迫力《はくりょく》にアンがたじろいでいると、シャルが余計な事を言う。

「落ち着け。にゃーにゃー騒いでも、いない魚は出てこないぞ。キャットさん」

「てめぇは落ち着けといいながら、興奮させようとしてんじゃねぇのか」

「面白がってはいるが、興奮させようとはしてない」

澄《す》まして答えるシャルに、キャットは鼻と鼻がくっつくほど間近で喚《わめ》いた。

「面白がってる場合じゃねぇだろう！」

「心配はない。自分で出て行ったんだ」

「なんだって」

「侵入者の形跡はない。自分の意思で出て行ったんだ。ご丁寧《ていねい》に合い鍵を使って、鍵までかけてな」

摑《つか》みかかりそうな勢いだったキャットの表情が、頭の上から冷水を浴びせられたように変わる。

「……出て行っただ？」

「そのようです」

キースが横合いから答えると、キャットは顔をしかめる。

「でも、あの野郎の羽は俺が……」

と言いかけて、はっとしたようになり、次には軽く首を傾《かし》げながら顎《あご》を撫《な》でる。

「そういやぁ、俺はあの野郎の羽、何処《どこ》へ置いてたんだっけな……」

その呟きに、キースが脱力《だつりょく》したのが傍目《はため》でも分かった。

キャットには銀砂糖子爵《ししゃく》に並ぶ腕《うで》がある。意欲《いよく》さえあれば、それなりに頭も働く。なのに、日常生活に関する一切《いっさい》合切に関してはとことん抜けている。その間抜けぶりが我が身と重なり、アンは親近感を覚えるのと同時に、気の毒になる。

「キャットがうっかり羽のありかを忘れちゃうから、ベンジャミン、ずっと前から自分で羽を管理してたみたいです」

「あの野郎、そんなにちゃっかりしてやがったのか？」

キャットがうっかりしすぎですとは、さすがのアンも言えなかった。

「待てよ。じゃあ、あの野郎はなんで今まで俺に使われてたんだ？」

ミスリルが肩《かた》をすくめる。

「使われてるようには見えなかったぞ。ベンジャミンは、やりたいことだけやってたぞ、間違《まちが》いなく」

さらにシャルが、容赦《ようしゃ》なく続ける。

「適当に振《ふ》る舞《ま》って、おまえに寄生していただけだろう」

唖然とした表情で妖精たちの言葉を聞いていたキャットは、しばらくするとため息をついた。疲《つか》れたように手近な椅子《いす》をひくと腰《こし》を下ろし、背もたれにもたれかかって天井《てんじょう》を振り仰《あお》ぐ。

「あいつは、出て行ったってことか……」

「まだそうと決まったわけじゃないです。なにか用事があって、外出したのかも」

アンの言葉に、キャットは鼻を鳴らす。

「それはねぇな。あいつと暮らしはじめて三年になるが、あいつが自分から用事を済ませるために、出て行くなんてこたねぇ。自分の用事があれば、それとなく、俺に行けというくらいだからな」

どちらが使われていたか分からないキャットの告白に、突《つ》っ込める雰囲気《ふんいき》ではなかった。キャットは不機嫌《ふきげん》そうにむっつりとして、腕組みして俯《うつむ》く。

「出て行ったもんは、しかたねぇ」

「キャット。でももうちょっと、工房の周りを捜《さが》してみたりしませんか」

「必要ねぇ」

アンの提案を、キャットは切り捨てた。

「出て行った奴《やつ》にかまってられるか。俺は、銀砂糖妖精の技術を習得するためにいるんだ。時間を無駄《むだ》にはしたくねぇ」

キャットは怒《おこ》っているような声で言うと、黙《だま》り込んだ。

結局キャットは、その日もいつもどおり作業場に入った。はずみ車で銀砂糖を糸にする作業と、それを織る作業に集中しようと努力していた。

しかしアンの方がそわそわと出入り口を気にして、物音がすると作業場を飛び出す始末だった。

「てめぇは、落ち着け！」

午後に入って、三度目にアンが作業場を飛び出そうとしたとき、とうとうキャットは怒鳴りつけ、銀砂糖の糸を巻きつけたはずみ車をアンの鼻先に突きつけた。

「集中できねぇだろうが！」

「すみません……。でもベンジャミンが帰ってきたかも……。一応お店の方を確認《かくにん》してから」

「いいから、作業に戻《もど》れ」

命じると、キャットは作業台に置いてある、砂糖林檎《りんご》の種から作った油に指を浸《ひた》す。なめらかに練った銀砂糖の塊《かたまり》を片手に握《にぎ》ると、そこからこよりを縒《よ》るように銀砂糖を細長く引き出す。もう一方の手に持っていたはずみ車に、引き出した銀砂糖の先を巻きつけると、勢いをつけてはずみ車を回転させた。

ひゅるりと、銀砂糖の糸に繋《つな》がれたはずみ車が宙で回転をはじめる。

この一ヶ月ばかりの間にキースとアンから教えを受けた結果、作業工程をすべてこなせるようになった。しかし完成度は、まだまだだ。何度も何度も、指が動きを記憶《きおく》するまで、無心になって作業を繰《く》り返す必要がある。

――ベンジャミン。

ふと思い出した、ゆるみきった顔。

するとはずみ車の回転軸《じく》がぶれた。と思うと、銀砂糖の糸が切れ、はずみ車が床《ゆか》に転がった。集中が途切《とぎ》れてしまった。

忌々《いまいま》しくなり、キャットは舌打ちした。

キースとアンが、気遣《きづか》わしげにこちらを見ているのも苛《いら》つく。棚《たな》に並んだ道具を整頓《せいとん》していたミスリルが、腰に手をあて呆れたように言う。

「キャット。見てられないぞ。へたっぴ」

「あぁ？　なんだと？」

険のある目で睨《にら》んでも、ミスリルはやれやれと偉《えら》そうに肩をすくめる。

「ベンジャミンに捨てられたからって、落ちこむなよ」

「誰が捨てられて、誰が落ちこんでるって!?　だいたい、俺は最初から妖精《ようせい》なんか必要なかったんだ！　ただあの野郎が押し売りに来て、買ってもらえなきゃ殺されるだのなんだのと言うから仕方なく買っただけだ！　だから別にあの野郎がいなくなっても、ぜんぜんかまわねぇんだよ！　分かったかチビ！」

「誰がチビだ」

「ここにてめぇ以上にチビがいるか」

「許せないぞ！　見てろ。いつか、おまえをぎゃふんと言わせてやる」

「上等だ！　言わせてみやがれ！」

「二人とも落ち着いて！」

睨み合うミスリルとキャットの間に、アンが慌《あわ》てて割って入ってきた。

「ミスリルも言い過ぎだし、キャットも心配なら心配って、素直《すなお》に言ってください。仕事が手につかないんじゃ、どうしようもないですから。みんなでもう一度、ベンジャミンを捜しに行きましょう」

「自分で出て行ったんだ、捜す必要はねぇ」

「自分で出て行ったにしても。戻ってきて欲しいなら、捜し出して、帰って来てってお願いしましょう」

「そんなみっともない真似《まね》しねぇ！」

「どうしてみっともないんです？　あなたが必要だって伝えることは、みっともなくなんかないです、たぶん」

おそらくアンの言葉は正しい。しかし。

──言えるかよ。そんなこと。

言葉に詰《つ》まり、アンから視線を外して壁《かべ》を睨む。

「キャット。捜しに行きましょう」

「行かねぇよ。俺は……あの野郎《やろう》を必要としてねぇ」

それだけ言うと、ぷいと背を向けて作業場を出た。

——誰《だれ》が、捜しになんぞ行くか！

裏庭を横切り、自分の部屋へ帰ろうとしていると、

「キャット！」

アンが食堂の扉《とびら》から駆《か》け出して来て、裏庭の真ん中あたりでキャットに追いついた。背後から肘《ひじ》を掴《つか》まれる。

「ねぇ、行きましょう！　捜しに！」

「いかねぇっ、つってんだろう！」

キャットが手を振り払《はら》うと、アンは回りこんで、外階段の上り口に立ちふさがった。

「行きましょう」

「てめぇは、人の言ったことを聞いてねぇのか？　俺はあの野郎を必要としてねぇ、捜しにいかねぇ」

「どうして必要ないなんて言うんです？　ベンジャミンが聞いたら、哀《かな》しいです」

「必要ねぇから、必要ねぇんだよ」

「そんなこと言ってたら、ベンジャミンだって本当に自分は必要ないんだって思います。そしたら傷ついて、出て行くのは当然です」

その言葉に、かっとした。

「あいつに、必要ねぇなんてことは一度も言ったことはねぇ！」

「嘘《うそ》です。必要ないって、無意識に言ってるかも」

「言うかよ！　思ってもねぇことを！」

その言葉を聞いて、アンはきょとんとした。しかしすぐに、にこりと嬉《うれ》しそうに笑う。突然《とつぜん》の笑顔《えがお》が気味悪くなり、キャットは一歩足を引く。

「なんだ……そのニヤニヤは……」

「キャットは今、『ベンジャミンを必要としてない』なんて、思ってもいないって告白しました」

指摘《してき》され、キャットはようやく自分の失敗に気がついた。

――馬鹿《ばか》のくせに、なんでそんなとこに気がつきやがる!?

苦い顔をするしかない。けれどアンがにこにこしながらこちらを見ているので、なんだか負けたような気分になる。

急に、怠《だる》いと感じる。脇《わき》にあった井戸《いど》の縁《へり》に腰《こし》を預けて空を見あげる。腰にあたる井戸の石は、ひやりとして心地《ここち》よい。

初夏の空は青く高く澄《す》んでいて、日射《ひざ》しは明るい。自分の灰色の前髪《まえがみ》が、光に透《す》けて白っぽい。母の髪色とそっくりだ。

「俺が『厄介《やっかい》で、頭に来るけど、こいつとはずっと一緒《いっしょ》にいるんだろうな』と思う奴に限って、あっさり俺の目の前からいなくなっちまうんだな……」

前髪をつまみながら、思い出すのは大嫌《だいきら》いだった母親。キャットのことを猫《ねこ》かわいがりする、優《やさ》しく、弱くて馬鹿な女だった。その愚《おろ》かさが我慢《がまん》ならず、常に腹がたっていた。その母親は、キャットが十二歳の時にあっさり死んだ。

そしてその次に出会ったのは、ヒュー。飛び込んだ職人の世界で、唯一《ゆいいつ》「すごい」と思える兄弟子《あにでし》だった。常にキャットにちょっかいを出して、からかって、心底鬱陶《うっとう》しかった。しかし彼もまた工房《こうぼう》の長《おさ》となり、銀砂糖子爵《ししゃく》となって自分と違《ちが》う道を歩んだ。

だが別にそれでかまわなかった。自分は一人でやっていける、職人としての腕《うで》がある。作りたい砂糖菓子《がし》がある。作りたいものを作っていれば、楽しい。それで充分《じゅうぶん》だった。だからキャットは自分で工房を作り、自分の作りたい砂糖菓子を作ることに決めた。

だが問題だったのは、自分の家事能力の低さだ。

アンがゆっくりとキャットの横に並び、井戸の縁にもたれかかった。

「キャット、さっき変なこと言ってましたね。使役《しえき》するつもりはなかったとか、ベンジャミンが押しかけて来たとか」

「マーキュリー工房を出て、自分で工房立ちあげたんだが、俺は掃除《そうじ》と料理ができねぇで困ってたんだよ。そしたら、あいつが突然家に来て『買ってくれ』と売り込みやがったんだ。近所の家をまわっている様子だったな」

その時のことを、キャットははっきりと覚えている。

客がいない閑散《かんさん》としたキャットの店の出入り口に、緑の髪の小さな妖精が突然現れたのだ。

そして、

「このご主人様はご在宅ですかぁ」

間延びした声をかけてきた。その顔を見て、「なんだこのしまりのない妖精は」と思った。

「俺がご主人様だ。なんの用だよ」

キャットはエプロンで手を拭《ふ》きながら出入り口近くへ歩いて行った。

「あのですねぇ、僕を買ってもらいたいんですぅ」

妖精の訪問販売《はんばい》など、聞いたことがなかった。驚《おどろ》いていると、妖精はちょこちょこと近寄ってきて、キャットのズボンの裾《すそ》を摑んで大きな目で見あげてくる。

「僕、妖精市場で売られてるんですが、全然売れなくてぇ〜。このままじゃただ飯ぐらいだから殺すって、妖精商人が言うんですぅ。それが嫌《いや》なら、自分で買ってもらえる人を見つけて来いと言われて」

「ひどい野郎がいるな」

眉《まゆ》をひそめるが、妖精本人は危機感があるのかないのか、ほわほわした笑顔のままだ。

「そうなの〜。ひどいでしょう？　だから、買って。僕、お料理できるよぉ」

「料理」

自分の作る、味のないスープや生焼けの肉に嫌気《いやけ》がさしていたので声が弾《はず》んだ。その時も実は店の奥で、鶏肉《とりにく》と格闘《かくとう》していたのだが、鶏肉はてんで料理になる気配がなかった。

——この妖精《ようせい》を買えば、問題は解決じゃねぇか！

「よし買った！　妖精商人のところに案内しな」

「あ〜、それはだめなの〜」

ベンジャミンは軽く手をあげて、今にも戸口から出て行きそうなキャットを押しとどめた。

「いったん僕が帰ったあとに、妖精商人の遣《つか》いの人間が、僕の羽を持ってくるからね〜。その人にお金を渡《わた》して、僕の羽を受け取って。で、その遣いの人が妖精商人のところにお金を持って帰ってきたら、僕がここに来るから」

「ずいぶんまどろっこしいな」

「僕を売ってる人の流儀《りゅうぎ》なんだもん」

「そんなものかよ」

不思議には思ったが、特に気にしなかった。ベンジャミンが帰った後、彼の言ったとおり妖精商人の遣いが妖精の羽を持ってやって来た。ただその遣いは、近所でよく見かける子供だった。その子供は「妖精商人に頼《たの》まれた」と言い、金と引き替《か》えに妖精の羽を置いていった。そして程《ほど》なくして、あの緑色の髪の妖精がひょこひょことやってきた。

日が傾《かたむ》きかけていたので、うまくすれば今夜はまともな料理が口に入るとキャットは期待した。

「夕飯を頼む。その辺のもの適当に使え」

「わかりました～、ご主人様ぁ」

妖精の返事に、キャットは眉をひそめた。

「なんだそのご主人様ってのは。人を馬鹿にしてやがるのか？」

「ええ～、だって。ご主人様でしょ」

「俺はキャットだ。キャットって呼べ。間違《まちが》えても『さん』づけすんじゃねぇぞ」

言うと、妖精はきょとんとした。

「呼び捨てるのぉ？」

「そうだ。さんづけしたら、張り倒《たお》すぜ」

「……変な人間」

一瞬《いっしゅん》、とてつもなくしらけたような低い声で妖精が呟《つぶや》いた。

「なんだって」

「なんでもないよ～、お料理作るねぇ」

ほわんと笑って、妖精はいそいそと台所に立った。その後ろ姿に、キャットは声をかけた。

「おい、てめぇの名前は？」

竈《かまど》の縁に立って振《ふ》り返ったベンジャミンが、首を傾《かし》げる。

「キャットが決めるんじゃないのぉ？」

「そういうもんか？」

「そうだよぉ～」

「じゃ、ベンジャミンだ。昔、近所のガキがそんな名前だった。いいか？」

ベンジャミンはこの妖精のように、いつもふわふわ笑っている子供で、キャットが砂糖菓子職人になるために工房へ入ると知ったときには、行かないでといって泣きついて離《はな》れなかった。その子供のことを、久しぶりに思い出していた。

「うん。ベンジャミン。いいよぉ」

妖精はほっこり笑って頷《うなず》いた。

その日の夕食に、キャットは感動した。カボチャのスープに、軽く焼いたパン。鶏肉と豆の煮込《にこ》みという品々に、躍《おど》りあがった。この妖精を買って良かったと、心底思った。ベンジャミンは自己申告《しんこく》したとおり、料理が得意だ。

しかし。料理以外は全くなにもしなかった。だがキャットにしてみれば、料理を作ってもらえるだけでもありがたかったので文句はなかった。

いつも寝《ね》ているし、徹底《てってい》的に役に立たない。が、料理はうまい。暇《ひま》な夜には、カード遊びの相手にもなる。

数ヶ月経《た》つと、悪くはないと思った。

そして、気がつけば三年が過ぎていた。

「売り込まれたから、なんとなく買ったんだ。買っちまったから一緒に暮らしてた。それだけだ」

ため息をつくと、キャットは井戸《いど》の縁《ふち》から腰《こし》を上げる。

「なんとなく買ったとしても、今はベンジャミンは大切な友だちですよね。わたしも、シャルを買ったときは必要に迫《せま》られて、条件が合うなら誰《だれ》でもいいと思ってました。でも一緒《いっしょ》にいたら必要な人になって、離れたくないって思うようになりました。同じですよね。そうですよね」

「言えるか！　そんなこと。恥《は》ずかしい」

「でも、そうですよね」

シャツの袖《そで》を掴《つか》まれ、キャットはぶすっとしてそっぽをむいた。肯定《こうてい》したくないが、否定もしたくない。

「捜《さが》しに行きましょう」

「いかねぇよ」

キャットは即座《そくざ》に答えた。

「どうしてですか？　大切なのに」

「俺がどう思おうが、あいつがやりたいようにさしてやりてぇ」

キャットの袖を摑んでいたアンの指の力が緩《ゆる》んだ。

キャットは、別に意地を張っているわけではない。ただベンジャミンがきままに生きたいと思って出て行ったなら、それを尊重したいだけだ。キャット自身も束縛《そくばく》を嫌《きら》い、自分のやりたいことをやるために派閥《はばつ》を離れて工房《こうぼう》を作った。

自分の思いで相手を束縛するのは、身勝手な片思いみたいなものだ。

そんなことは絶対にしたくなかった。

キャットの方が一緒にいたいと願っても、ベンジャミンがそう思ってくれるとはかぎらない。

──わかってんだよ。

頭では分かっているのに、なぜか空《むな》しさとやるせなさが、澱《おり》のように胸にたまる。

キャットはそのまま、外階段をのぼって自分に割り当てられた部屋に入った。


その日の夕食に、キャットは顔を見せなかった。彼の分だけは皿にとりわけて残し、アンは夕食の片付けを終えた。

「ヒングリーさん、ベッドの中にいたよ。耳もとで大声で呼んでも起きない」

夕食後のお茶を飲んでいると、キャットの様子を見に行ったキースが帰ってきて報告した。

「それで起きないなら、狸寝入《たぬきねい》りか。死んでるか。どちらかだな」

シャルが言うと、キースは苦笑《くしよう》する。

「呼吸はしていたね。それにしても激しい落ち込みだよね」

アンは、窓越《ご》しに見える外階段に視線を向けた。

——どうして行っちゃったの？　ベンジャミン。

妖精たちが人間を信頼《しんらい》し、絆《きずな》を結んでくれることは、難しいのかもしれない。人間たちの片思いだ。そう思うと切ない。

お茶を終えると、みんなそれぞれの部屋へ帰った。ミスリルはすぐに眠《ねむ》りはじめたし、シャルは真夜中を少しすぎると、見回りに出て行った。アンはベッドの中で何度も寝返りを打ったが、キャットが気になって仕方がなかった。

——世をはかなんで、なんてこと。ないよね。

彼がいつになく弱気な顔をみせていたので、馬鹿《ばか》な想像を巡《めぐ》らしてしまう。

そわそわして、アンはベッドを下りてしまった。部屋を出ると、キャットの部屋の前をうろうろと行き来した。時々扉《とびら》に耳をつけて中の気配やもの音を窺《うかが》う。

——これじゃ、寝込みを襲《おそ》おうとする変質者みたい……。

自分の怪《あや》しい行動が恥ずかしくなる。

「ちょ、ちょっと。距離《きより》をおこうかな～」

誰かに言い訳するように呟くと、そそくさと外階段を下りて、裏庭の井戸の縁に腰掛《こしか》ける。

二階の窓を見あげた。これも充分《じゅうぶん》怪しい行動だとは思うが、さっきよりは変質度がぐっと下がった。


「なにを狙《ねら》ってる？」

突然《とつぜん》声をかけられ、アンはひゃっと妙《みょう》な声をあげて飛びあがった。

見回りから帰ってきたらしく、シャルが食堂の扉から裏庭に出てきたところだった。二階の窓を一心不乱に睨《にら》んでいたので、彼の気配に気がつかなかった。

シャルはアンの側に来ると、彼女がさっきまで睨んでいた窓を見やった。

「キャットに夜這《よば》いでもする気か？」

「ち、違《ちが》うっ！　キャットがすごく落ちこんでたから、気になって」

「単純だからな。あの男は」

「キャットは本当はベンジャミンと一緒にいたいのに、ベンジャミンが望むなら自由にさせてやりたいって。だから捜しにも行かないんだって」

初夏の夜風は肌《はだ》に心地《ここち》よく、アンの髪《かみ》先を揺《ゆ》らすと、シャルの方へ流れていった。彼の背にある羽が、半月の光の中で薄青《うすあお》い色で軽く揺れる。

キャットの気持ちが痛いほど分かるから、放《ほう》っておけない。シャルを目の前にすると、一層心が痛く感じるのは、自分とシャルに置き換《か》えてしまうからだ。

――シャルもわたしと離れて、自由になることを望んでいるかもしれない。

哀《かな》しくなるほど痛みが増しそうで、アンは慌《あわ》てて自分の心を別にそらした。

「キャットとベンジャミンって、変わった出会いかたしてる。妖精《ようせい》商人にも、あんな複雑な商売をする人がいるのかな？」

「なんのことだ？」

「キャットはベンジャミンを市場で買ったんじゃなくて、ベンジャミンが売り込みに来たんだって。買ってくださいって」

それを聞いたシャルの表情が曇《くも》る。

「そいつは、渡《わた》り妖精のすることだ」

「渡り妖精？」

耳慣れない言葉だった。

「使役《しえき》されていたり、妖精商人に売られたりしていた妖精が、なにかのきっかけで羽を取り戻《もど》して自由になることがある。普通《ふつう》はすぐにまた、妖精狩人《かりゅうど》や商人に見つかって、市場で売られるのが落ちだが。時々、うまく人間世界を渡ってる妖精がいる。そいつらが渡り妖精だ。数は極端《きょくたん》に少ないと聞くがな」

「うまく渡るって？」

「自力で人間の金を手に入れる。『主人の遣《つか》いです』と言って、その金を使って食い物や宿を確保して、生きていくんだ」

「へぇ。そうなの。頭いい」

妖精狩人に怯《おび》えて逃《に》げ回るよりは、ずっと捕《つか》まる可能性が低いはずだ。もちろん主人持ちの妖精を狩《か》ろうとする乱暴な妖精狩人もいるが、人目のある街を渡り歩いていれば、そんな手合いに行き合うことも少ないだろう。

「でも自力でお金を手に入れるって、どうするの？」

「間抜《まぬ》けそうな人間を見つけて、自分を買えと持ちかける。それで買うと言えば、いったん引きあげて、街の子供に声をかける。その子供に小遣《こづか》いを渡して『主人からの命令をかわりに果たしてくれ』と頼《たの》み込む。偽物《にせもの》の羽を子供に持たせて、金と引き替《か》えに、これを買い主に渡してくれとな。子供は小遣いが欲しいから深く考えずに、命令どおりに偽の羽を買い主に渡して、金を受け取ってくる。妖精は金を子供から受け取り、姿を消す。あるいは、買い主が底抜《そこぬ》けに間抜けなら、そこへ身を寄せてしばらく過ごす」

アンは目を丸くした。

「それって詐欺《さぎ》!?　じゃ、ベンジャミンは……」

人間は、けして渡り妖精を責められない。命を買う卑《いや》しい行為《こうい》そのものが間違《まちが》っているし、そんなふうに妖精たちが振《ふ》る舞《ま》ってしまうのも、今の世界では妖精たちがまともに生きられないからだ。

けれどキャットが騙《だま》されていたというのは哀しいし、ベンジャミンがキャットを騙していたというのも、哀しい。

——あんなに、仲が良かったのに。騙す者と騙される者の関係だったかもしれないの？

俯《うつむ》いたアンの頬《ほお》にシャルの手が触《ふ》れる。見あげると、シャルが不思議そうにアンを見つめている。黒い綺麗《きれい》な瞳《ひとみ》だ。

「どうした」

「……ちょっとだけ……哀しい」

なにか言おうとシャルが口を開きかけたが、彼は急に背後を振り返った。彼の羽が緊張《きんちょう》のためか白銀の輝《かがや》きを強め、身に纏《まと》う気配も張りつめる。

「どうしたの？」

「店の方で音がした」

アンも耳を澄《す》ました。すると、からからと、金属片《へん》が床《ゆか》の上で引きずられるような音が聞こえた。その音は店の方から作業場を抜《ぬ》け、食堂に入ってくる。

アンは思わずシャルの背にしがみつき、シャルはアンを庇《かば》うようにして身構えた。からからという音は食堂を横切る。裏庭に続く扉のノブがゆっくりと動く。

扉が開いた。

——誰《だれ》もいない!?

開いた扉の向こうには、誰の姿もない。シャルの背中越しにのぞき見ていたアンは、ぞっとした。

「あれぇ〜。二人ともこんな夜中にどうしたのぉ。あ〜、わかった。デートだぁ」

のんびりした声が聞こえて、アンは飛びあがりそうになる。しかしすぐに、その声の主がわかる。

「ベンジャミン！」

開いた扉の足元に、小さな妖精が立っていた。腰《こし》に大きな鍵《かぎ》をぶら下げて引きずり、背中に小さな袋《ふくろ》を背負っている。

「帰ってきてくれたの」

アンはベンジャミンに駆《か》け寄り、跪《ひざまず》いた。邪気《じゃき》のない笑顔《えがお》を見ると、じわりと涙《なみだ》がこみあげてくる。

「え〜。当然だよぉ。どうしてぇ？」

「渡り妖精が見切りをつけた人間のところに帰ってくることは、まずないはずだ」

シャルの冷えた言葉に、ベンジャミンがふふふと笑った。

「あれぇ、キャット、気がついたの？」

「気がついたのは、俺だ」

「あ、だよね、やっぱりね〜」

ベンジャミンは鍵を引きずりながら、よっこらしょと歩き出す。アンもそれにつられて立ち上がり、一緒《いっしょ》に井戸《いど》のところまでやって来た。ベンジャミンは腰にある鍵を外すと、アンに差し出した。

「鍵を返すね～。出かける時みんな寝《ね》てたから、開けっ放しは不用心だと思って借りていったんだぁ。夜に帰って来たとき、閉め出されるのもいやだったしぃ」

「帰って来てくれるつもりがあったの？　ならなんで、キャットに一言もなく……」

「だってぇ。キャットがうっかりノーザンブローに置き忘れてる僕の羽を、僕が自分で取りに行きますって、言えるぅ？　さすがに気の毒だもん。キャットは抜けてるよねって、言うようなもんだもん」

「キャット、ノーザンブローにベンジャミンの羽を置き忘れて来てたの!?」

あまりにも雑な扱《あつか》いに、呆《あき》れるというよりも唖然《あぜん》とした。いや、キャットは雑に扱っているつもりはないだろう。単純に、ベンジャミンの羽を握《にぎ》っていることを日常的にすっかり忘れているのだ。

「なぜ戻った？」

唖然としているアンの隣《となり》で、シャルが不審《ふしん》げに再び問いかけた。

「なぜって、戻りたかったからだもん」

「なぜ戻りたい。人間の使役者の許《もと》に」

「キャットが使役者に見えるぅ？　僕も実は、キャットに買われた時は適当なところで別のいい環境《かんきょう》を見つけておさらばしようかな～って、思ってたんだけど。あの人最初から、羽を置き忘れてばかりで、呆れちゃったもん。試《ため》しにね～、キャットが持ってる偽物の羽と僕の本物の羽を入れ替えたんだけど、何の変わりもなくて。なんだか面白《おもしろ》くなったんだもん」

ベンジャミンはこちらに背を見せると、背中にある袋を目顔で示す。

「でねぇ、今も本物の羽はキャットに預けてるの。これが、そう。なのにやっぱりキャットは置き忘れるから。さすがに僕も、自分の羽が留守宅に置きっぱなしになってるのは気になるもん～」

キャットは自分のことを使役者だと思い、ベンジャミンを使役しているつもりだ。だが実際彼は、ただベンジャミンと仲良く暮らしているだけなのだ。

そしてベンジャミンは使役されているふりをしながら、実はただ面白がって、キャットと生活しているだけ。

騙される者と騙す者の関係は、いびつなような、間の抜けたような、おかしな均衡《きんこう》を保ったまま続けられているのだ。

——変な二人。

笑いたくなる。

「はやくキャットの部屋に行ってあげたら？　キャットはあなたがいなくなって、夕食も食べずにふて寝してるから」

「行くよ～。でも起こしてあげない～。朝まで夢の中で怒《おこ》りまくってるだろうけど、怒ってる夢を見てるキャットって、寝顔《ねがお》とか寝言、面白いもん。歯ぎしりとかしちゃってね～」

邪気のない笑顔でえげつないことを言ったベンジャミンは、軽く手を振った。

「じゃ～ね～。お休み二人とも～」

背を見せると、とことこと外階段をのぼり、キャットの部屋にそっと入っていった。明日朝。目を覚ましたキャットは、何食わぬ顔でベッドに潜《もぐ》りこんでいるベンジャミンを見てどんな顔をするのか。想像するとおかしくなって、アンはくすくす笑ってしまう。シャルの表情も緩《ゆる》む。

「元気になったな。今朝からずっと、おまえが友だちに逃げられたみたいな暗い顔をしていた」

なにもかも顔に出る自分の単純さを指摘《してき》され、ばつが悪い。

──やっぱり暗い顔をしてたんだ。

妖精《ようせい》たちが自由を求めて去って行くことに、アンは怯えている。いずれシャルもミスリルも、アンのそばからいなくなるのだろうかと、つい考えてしまうのだ。

見あげると、シャルの黒い瞳と視線がぶつかる。彼をひきとめたいと思いながらも、同時に自由であって欲しいと願う。

「シャルがもし、わたしなんかと一緒にいるのに飽《あ》きたり、嫌《いや》になったりしたら、誓《ちか》いのことは忘れて遠慮《えんりょ》なくどこへでも行ってね」

「おまえは、そうして欲しいか？」

優《やさ》しく問われて、強く首を振《ふ》った。

「そうして欲しいんじゃない。でも、シャルが自由で幸せでいて欲しいから」

「俺の幸せは、わりと手近にある」

シャルがつと、アンの肩《かた》に触れた。木綿《もめん》の薄手《うすで》の寝間着《ねまき》を通して、彼の指の感触《かんしょく》を直接肌《はだ》に感じた。急に恥《は》ずかしくなり、アンは慌《あわ》ててシャルに背を向けて自分の部屋に駆け戻《もど》ろうとした。

「と、とにかくベンジャミンも帰って来て安心したし！　もう寝るね。お休み！」

動揺《どうよう》していたせいか、踏《ふ》み出した途端《とたん》に井戸の周囲に敷《し》かれた石に蹴躓《けっまず》いた。

「わっ！」

「馬鹿《ばか》！」

倒《たお》れると思った瞬間《しゅんかん》、強い腕《うで》が腰を抱《だ》き留《と》めてくれた。

「歩くくらいは、まともに歩け」

腰でシャルの腕にぶら下がる自分の間抜《まぬ》けさに、げっそりする。

「ごめん。そそっかしくて……」

するど腰を支えていた腕に体を引っ張られ、引き寄せられた。くるりと体が反転すると、間近にシャルの顔があった。

口づけを求めるような、きわどい体勢。月光がまとわりつくシャルの睫《まつげ》から目を離《はな》せなかった。

「礼は？」

「へ？　なに？　お礼？」

「口づけ一つで、かまわん」

「えええええっ」

真っ赤になって声をあげたアンの顔を見て、シャルがくすっと笑う。

――また、からかってる！

その時。背後から冷ややかな声がした。

「僕でよければ、やるよ？　お礼」

アンが首をひねって背後を確認《かくにん》するのと同時に、シャルが眉《まゆ》をひそめる。そしてつまらなそうに、アンを抱《だ》いていた腕を放した。

「坊《ぼう》や。子供は寝る時間だぞ」

寝間着がわりのシャツ姿で、キースが不機嫌《ふきげん》そうに腕組《うでぐ》みして立っていた。

アンはバクバクいっている心臓の音を聞かれやしまいかと心配しながら、平気なふりをしてキースに向き直った。

「どうしたの？　キース。こんな夜中に」

「あれだけ大騒《おおさわ》ぎしてたら、誰《だれ》でも起きてしまうよ。あれで寝ていられるのは、ミスリル・リッド・ポッドとヒングリーさんくらいだね。でもベンジャミンが帰って来てくれたのは、良かった。安心したよ。それはいいとして……」

キースはちらりとシャルを見やる。

「お礼はいいの？　アンを助けてもらったお礼は、僕がいくらでもしてあげるよ」

「それはお礼ではなく、嫌がらせだ。しかもアンの礼を、なぜおまえが代行する」

「僕の勝手だよ。シャル。僕は君に思うままに振る舞《ま》って欲しいとお願いしたけど、思うまま過ぎやしない？　もっと節度を持って……」

「羨《うらや》ましいなら、自分もしろ」

その言葉に、キースが真っ赤になった。

「僕は一言も、羨ましいなんて言っていないよ」

シャルとキースが口げんかする様子を、アンははじめて目にした。以前より彼らはずっと親しげで、微笑《ほほえ》ましくなる。

「二人とも、なんだか気があうみたい」

するとキースとシャルは、なんとなく嫌そうに顔を見合わせる。

「いいよね。仲良しが増えるって」

アンは満足して、初夏の夜の空気を胸一杯《むねいっぱい》吸い込む。そして明るく浮《う》かぶ白い月を見あげる。

空気には緑の香《かお》りが濃《こ》く、その香りが体の中に行きわたっていく。

シャルもキースもつられたように、夜空に視線を向ける。

夏を迎《むか》える植物の香りは強く、たくましく、希望と活力に満ちている。

妖精と人間の関係も、色々な形で、希望に満ちたものであればいい。もうすぐ、銀砂糖妖精を育てるための計画が動き出す。その前に少しでも、アンは自分の中に力と勇気をため込んでおきたかった。夏を待つ植物たちのように、強く。

人と妖精が信頼《しんらい》しあって、ともに幸福になる道を探すために。


キャットは、いなくなったベンジャミンに対して、心の中で精一杯悪態をつきながらベッドに潜りこんでいた。そしていつの間にか、眠《ねむ》っていたらしい。

鼻先をふわふわしたものでくすぐられ、キャットはくしゃみして目が覚めた。

「畜生《ちくしよう》、なんだ」

と目を開けると、自分の頭が載《の》っている枕《まくら》の上にベンジャミンが丸くなって眠っていた。キャットの鼻をくすぐったのは、ベンジャミンの髪《かみ》だったらしい。

「ベンジャミン！」

キャットはベッドの上に跳《は》ね起きた。

「う〜ん。なぁにぃ〜」

目をこするベンジャミンの姿を見、唖然《あぜん》とした。そして彼がのろのろと起き上がるのを待つ間に驚愕《きょうがく》が冷め、徐々《じょじょ》に腹が立ってくる。

『『なぁにぃ〜』じゃねぇ！　てめぇ、どこほっつき歩いてやがった！」

ベンジャミンは頭をぐらぐらさせながら、ほわんと笑った。

「うんとねぇ……え〜と。……忘れた」

「ふざけんな！」

「え〜。本当に忘れちゃったんだもん」

そこでベンジャミンは、小首を傾《かし》げた。

「でも、帰って来たんだもん。それでいいよねぇ」

言われるとキャットは、はたと冷静になる。それもそうか、と思う。

――帰って来たんだからな。

ほっとしていた。

「今度から勝手にいなくなるんじゃねぇ」

「うん。気をつけるねぇ」

ベンジャミンは笑《え》みを深くした。その小さな緑色の頭を、指先で軽く撫《な》でてやった。ベンジャミンはくすぐったそうに、首をすくめる。

するとキャットの腹の虫が鳴いた。

——腹が減ったな。

昨日の朝食を思い出すと、アンの手料理は食べる気がしない。今朝はベンジャミンの作ったスープやサラダが食卓《しょくたく》に並ぶだろうことが嬉《うれ》しかった。ベンジャミンの料理は、この世で一番うまいとキャットは思う。作る本人がどれほど胡散臭《うさんくさ》かろうが、うまいものはうまいのだ。

ヒューへの10の質問

1 誕生日はいつですか？
11月11日。覚えやすいだろ。

2 趣味はなんですか？
特にないな。息抜きに酒を飲むくらいか。

3 好きな食べ物は？
肉。

4 落ち着ける場所はどこですか？
そんな場所あったら俺に教えてくれ。

5 好きな人を教えてください。
悪いが、教えられんな。

6 今、一番欲しいものはなんですか？
有能な銀砂糖師。いつでも、何人でも、欲しい。

7 これをされると怒る！　ということは？
足でも踏まれない限りは怒らんがな。

8 これをされると嬉しい！　ということは？
職人たちがいい仕事をしてくれれば嬉しい。

9 ご自分の好きな所を教えてください。
手だ。俺の取り柄だからな。

10 夢はなんですか？
砂糖菓子の技術がさらに発展すること。
永続的に、砂糖菓子の技術が人間にも妖精にも受け継がれること。

明日からね

——ママ、元気がない……。

さやさやと吹《ふ》く秋風が、砂糖林檎《りんご》の葉を揺《ゆ》らしていた。その音を聞きながら、アンは小さな手に火かき棒を持って、焚《た》き火の前に座っていた。

焚き火の上には小さな鉄製の櫓《やぐら》が組まれ、そこから黒々とした大鍋《おおなべ》が鎖《くさり》でつり下げられていた。お鍋《なべ》の中では、砂糖林檎が煮詰《につ》められている。

砂糖林檎が収穫《しゅうかく》されるこの時季、アンと母親のエマは砂糖林檎の林を探し歩き、砂糖菓子《がし》職人の派閥《はばつ》に所属する工房《こうぼう》に負けないように、必死で砂糖林檎を確保する。その競争をエマは毎年、楽しんでいる様子すらある。

けれど今年に限っては、エマは常に、どこか上の空で作業をしている。疲《つか》れているのかもしれないと思い、アンは、砂糖林檎を煮詰める火の番を買って出た。

最初、エマは渋《しぶ》った。エマの作業をよく見ているとはいえ、八歳のアンに、砂糖林檎の鍋を任せることに不安を感じたのだろう。けれどアンは「やれるから！」と、強硬《きょうこう》に主張した。

エマはしばらく考えて、ならやってみればいいと、許可をくれた。

アンに火を任せると、エマはまた砂糖林檎の林に入り、砂糖林檎の収穫をはじめていた。

ぼんやりと、アンは砂糖林檎の木々の合間に見え隠《かく》れするエマを見ていた。

元気が取り柄《え》のエマが沈《しず》み込んでいるのが、アンには不安でならなかった。その原因がわからないのも、一層不安だ。

なにか、アンは見落としたり忘れたりしていることがあるのだろうか。

──風邪《かぜ》？　ううん。ママ、くしゃみしてない。じゃなにかな？　しょんぼりすること？

わたしがしょんぼりするのは、ママに怒《おこ》られたとき。街の子にからかわれたとき。宝物の貝殻《かいがら》をなくしちゃったとき。ママの仕事が忙《いそが》しくて、お誕生日のお祝いが三日遅《おく》れちゃった時……。

そこまで考えた時、

「あっ！　そうだ。お誕生日だ！」

アンは思わず声をあげて立ちあがった。

不安げだったアンの瞳《ひとみ》が、ふいにきらきらと輝《かがや》く。

エマの誕生日は確か、砂糖林檎収穫《しゅうかく》の真っ最中だったはずだ。日付は、はっきり覚えていない。でもおそらく、過ぎてしまったのだろう。アンがエマの誕生日を祝ってくれなかったから、エマはしょげてしまったのに違《ちが》いない。そう考えると、それで間違いがないと思えた。

「お誕生日プレゼント……」

やたらぱたぱたとドレスのポケットを叩《たた》いてみたりするが、そこにはバイン硬貨《こうか》一枚もない。

そもそもお金があったところで、ここはギルム州ノーザンブローからさらに北に離《はな》れている、荒野《こうや》の中の砂糖林檎林だ。銀灰色《ぎんかいしょく》の砂糖林檎の枝の向こうには、ビルセス山脈の偉容《いよう》がそびえている。アンが一人でプレゼントを買いに行ける足はない。

がっかりした。アンがもっとお金持ちで、街に住んでいる女の子だったら、エマに素敵《すてき》なプレゼントを買ってあげられただろう。

けれど、お金がないから諦《あきら》めるのは悔《くや》しすぎる。必死で考えれば、なにか素敵なものをエマにあげられるはずだ。アンは火かき棒を放《ほう》り出し、うろうろと周囲を歩き回った。そして様々なものを見つけた。よく目をこらしてみれば、荒野にも素敵なものはたくさんあった。

——ママは、綺麗《きれい》なものが好きだもの。喜んでくれるかな？

あれやこれや、集めたものを目の前にしてしゃがみこみ、せっせと手を動かしていた。

どれくらいそうしていたのか、しばらくすると背後からエマが近づいてくる足音がした。アンは、自分が今まさに完成させようとしているものを背後に隠し、笑顔《えがお》でふり返った。

「だめよ！　ママ！　見ちゃだめ……」

と、立ちあがった瞬間《しゅんかん》、いきなり二の腕《うで》を乱暴に引っ張られた。

「痛っ！」

「馬鹿《ばか》！」

指が肌《はだ》に食い込むほど、二の腕を強く摑《つか》まれて揺すぶられた。

腕を摑んだまま、エマは草地の向こう側を指さした。

「見なさい！　アン！　あなたなにしてたの！」

怒っているエマの顔に、唖然《あぜん》とした。どうしてエマがこんなに怒っているのかわからなかったが、彼女が指さしている方向に目をむけて、息が止まるかと思った。

「砂糖林檎を放ってなにしてるの！　あなたができるって言ったから、ママは信じたのよ！　それをほっぽって、遊んでるなんて！　見なさい！　砂糖林檎が焦《こ》げちゃったわ！　職人にとって砂糖林檎がどれほど大切なものか、あなたわかってるの!?」

アンは自分で「やれるから！」と言い張って、砂糖林檎の大鍋を任せてもらった。その大鍋が、焚き火のそばの草地に転がされていた。燻《いぶ》されたような黒い煙《けむり》が薄《うす》くあがっている。焦げついていたのを、エマが火から外して草地に転がしたのだろう。

――やっちゃった……。

息苦しくなるような後悔《こうかい》の念と、そして、エマのためにと自分が埒《らち》もないプレゼントを作っていた間抜《まぬ》けさへの恥《は》ずかしさが、一気に押し寄せてきた。

謝るのも恥ずかしくて、アンはうつむくしかなかった。

隠していたプレゼントが手から滑《すべ》り落ち、アンの背後、草の上にぽとりと落ちた。

それを見て、苛立《いらだ》っていたエマの表情が変化し、アンの腕を掴んでいた手の力が緩《ゆる》む。

「……アン……それ、それ……」

それは風で折れた砂糖林檎の細い枝を集め、編んでまるい輪にし、その隙間《すきま》に光る石をぎゅうぎゅうとねじ込んだ不格好な輪飾《わかざ》りだった。それと似たものを、エマはアンの誕生日に作ってプレゼントしてくれたことがあり、アンはそれを真似《まね》たのだ。

「……アン」

急にエマが、うろたえたように呼んだ。

アンはエマの手を振《ふ》り払《はら》い、彼女の横をすり抜《ぬ》け、箱形馬車の方へ駆《か》けた。そして敷《し》きっぱなしにしてあった自分の毛布の中に潜《もぐ》りこむと、蓑虫《みのむし》のように丸まった。

——ごめんなさい。ママ、ごめんなさい。

心の中で何度も繰《く》り返したが、自分の惨《みじ》めさがどうしようもなく、エマの顔を見て謝る勇気がなかった。

しばらくすると、そっとエマの気配が近づいてきた。そしてアンの体を毛布の上から抱《だ》きしめるように、優《やさ》しく覆《おお》い被《かぶ》さる。

「顔を見せて。アン」

言いながら、頭のてっぺん辺りに、毛布越《ご》しのキスをしてくれる。

「ごめんね、アン。あれママへのプレゼント？　どうして？」

「……ママ、元気ないから……。お誕生日、お祝いしてないから……」

優しくされると、じわりと涙《なみだ》が滲《にじ》む。

「そっか。ごめんね……」

エマの声には、後悔といたわりがあった。

「だめなママね。アンに心配かけちゃったのね。ママ、お誕生日をお祝いしてもらってないからって、すねてたわけじゃないのよ」

毛布の上からアンの首筋に顔を埋《うず》め、エマは秘密を打ち明けるように囁《ささや》く。

「砂糖林檎の林の向こうに、黒い大きな山が見えてるよね。あれ、ビルセス山脈っていう山なの。ママね、あそこにいい思い出がないの。だからあの山を見ると、つい、哀《かな》しくなるの。でも、あそこはママが生きる希望を見つけた場所でもあるから……なんていうか、複雑なのよ」

アンはそろりと毛布から顔を出した。

「ふくざつ？　ふくざつって？　どういうこと？」

「そうね、たくさん困ったり哀しくなったり嬉《うれ》しくなったりするってこと……」

エマの手が、アンが顔を見せたことに安堵《あんど》したように頰《ほお》をさすってくれる。常に冷やしている銀砂糖師の指は、銀砂糖を扱《あつか》っていないときでも、普通《ふつう》の人より冷たい。泣きべそをかいた頰に、ひんやりしていて気持ちいい。

「でも、今はアンがいるから嬉しい。アンはいっぱいママのために、がんばってくれるから。砂糖林檎の大切さも、……そうよね。アンはまだ職人じゃないから、わからなくてあたりまえよね」

アンは首を振った。

「わかりたい。わたし」

咄嗟《とっさ》に答えたのは、自分のみっともなさや馬鹿さ加減が、エマと同じものを感じ、知ることで、消えてくれるかもしれないと思えたからだ。

アンはもっと、素敵な人間になりたかった。

「そうね、アンももう八歳だし……。砂糖菓子《がし》職人の仕事、すこし覚えてみる？」

強く掴まれた二の腕はまだひりひりした感覚が残っていたが、目を輝かせ、毛布から飛び出してエマに抱《だ》きついた。

「うん！　やりたい、わたし！　ママ！」

砂糖菓子職人の仕事。素敵な響《ひび》きだ。嬉しくて、うきうきする。

「じゃあ今日は、あの焦げたお鍋《なべ》を一緒《いっしょ》に洗いましょ」

エマは笑った。

「そして、明日からね」

キースへの10の質問

1 誕生日はいつですか？
3月27日です。

2 趣味はなんですか？
読書。あとは、料理もすこし好きかな。

3 好きな食べ物は？
魚料理が好きなんだけれど、海のないルイストンじゃ
贅沢品だからね。残念ながら、あまり食べられないよ。

4 落ち着ける場所はどこですか？
今は、パウエル・ハルフォード工房だね。

5 好きな人を教えてください。
みんなが好きだよ。今はもうね……、特別な思いを抱く相手はいない。

6 今、一番欲しいものはなんですか？
お休み。（笑）

7 これをされると怒る！　ということは？
当然だけど、侮辱されると怒るよ。

8 これをされると嬉しい！　ということは？
頼りにされると嬉しいかな。

9 ご自分の好きな所を教えてください。
真面目なところ。
真面目すぎると言われたことがあるけれど、悪いことじゃないと思うよ。

10 夢はなんですか？
パウエル・ハルフォード工房を立派な工房にしたいな。

シュガーアップル・フェアリーテイル

こぼれ話

あき　原作／三川《みかわ》みり

アンは毎日
一生懸命《いっしょうけんめい》働いてる…
アン!!
俺も何か
手伝うぞ!!
ミスリルじゃ
ムリよ
力仕事だもの
なんだ
これを持つのか？
ひょい
ちくしょー
俺だって…
力仕事くらい…
ぐぐ…
ぱたん
あ、
ねぇシャル
ミスリルの声が
聞こえない？
あけろー!!
さあな

ベンジャミン!!
おまえちょっと寝すぎだぞ!!
そうお?
大丈夫だよォ
そんなに寝てないよォ
いや寝てる!!
いつも寝てるぞ!!
気のせいだよォー
気のせい?
やめとけミスリル
それ寝言だぞ
あっほんとだ寝てる!!いつのまに!!
えっ!?
最初からだろ
何ィィ!?

やい!!
おまえアンを働かせすぎだぞ!!
あァ!? 何だとコラァ
代償として当然の労働だろうが!!
ぎゃんぎゃん
うるさいぞ!!
ミギャー
シャル画（脳内）
ギャーギャー
くっくっくっ
みんなたのしそうだねぇー
……そうかしら……?

End

あとがき

みな様、こんにちは。三川みりです。

今回の「シュガーアップル・フェアリーテイル」は短編集です。

雑誌やムックに掲載《けいさい》されたものに、書き下ろしの短編を二つを加えました。短編の並びは、ほぼ本編の時系列にそっています。

実は、短編を書くのはものすごく好きです。書いていいよと言っていただくと、内心わくわく。今回も追加の短編を書いていいと言っていただけたので、喜びました。

雑誌やムックでは、当然、アンとシャルがメインになる以外のお話はあまり書けません。しかし今回の書き下ろしは短編集一冊の中の一部ということで、そこそこ分量が書けるうえに縛《しば》りがきつくない。こんな機会はめったにない。そこで担当様と相談し、「せっかくなので雑誌やムックで書けない話を書こう!」ということになりました。

一番楽ちんで書いて楽しいのは、ミスリルのお話。彼は本当に、いい子です。ものすごく書きやすい。しかし。楽すぎるゆえに、キャンペーンなどで Web 掲載した短編にかなりの頻度《ひんど》で書いてしまったので、またミスリルではあまりにも芸がない。

あとは「ジョナス改心物語」という、かつてボツになった掌編《しょうへん》があるので、それを書き直そうかと思ったりしました。が、ジョナスはあまりにもマニアック……。

キースのメインも考えましたが、彼は失恋《しつれん》したばかり。短編を書くとき、わたしもまだその余韻《よいん》を引きずっていたので、気の毒すぎる話になりそう。

と、いうことで。

書き下ろし一本目は、本編では（今のところ）ストレスを抱《かか》えていない、わりと人気者のキャットとヒューの話に落ち着きました。

書き下ろし二本目は、今までもこれからも本編では絶対に登場することがない、アンの母親エマとちびアンの物語に。

あとおまけで、キャラクターへのインタビューというのもあります。

そしてこの短編集のすごいところは、雑誌などで、あき様が描《か》いてくださった漫画《まんが》やイラストが掲載されていることです！　素晴《すば》らしい！

今回のゲラを読み返しながら、とても懐《なつ》かしい気持ちになりました。今は恋人《こいびと》同士になったアンとシャルですが、最初はこんなんだったな～と……。しかし……。あまりにも過去すぎて、作者のわたしですら記憶《きおく》の彼方《かなた》なのに、読者のみな様にはさらに遠いだろうな、と。

となると、それぞれの短編はどの辺りのお話か、読者のみな様にわかりづらいかも。そんなことが心配になったので、ちょこちょこっと、どの辺りのお話かだけを左に書いておきます。

○「アンと猫の砂糖菓子屋」……一巻と二巻の間
○「天国の銀砂糖師」…………二巻と三巻の間
○「日と月の密約」……………四巻の直後
○「鳥籠の花束」………………八巻の終わり辺り（と、一巻のはじまる八年前くらい）
○「猫と妖精の食卓」…………八巻の直後
○「明日からね」………………一巻のはじまる、七年前くらい

こんな感じです。

今回の短編集、担当様の企画《きかく》で、とても素敵なものにしていただけるようなので楽しみにしております。いつもいつも、ご迷惑《めいわく》ばかりおかけしているのに、さらに手をかけていただき、本当にありがたいです。感謝の気持ちがつきません。突然《とつぜん》、ぎりぎりで、おかしなことを口走り、担当様を蒼白《そうはく》にさせるようなことがないように頑張《がんば》ります。

いつも素晴らしいイラストを描いてくださる、あき様。本当に、ありがとうございます。雑誌やムックに描いていただいたイラストや漫画、毎回とても楽しみにしていたので、今回一緒《いっしょ》

に文庫の中に入れていただけるのが嬉《うれ》しいです。

読者のみな様。今回の短編集、手にとっていただきありがとうございます。本編ではないので、華麗《かれい》にスルーされても「本編の意味がわからない」というような重大な問題はないかと。けれど、一つ一つ、それなりに考え、楽しみ、書いた短編たちなので、読んでいただいた方に、こころから感謝です。ありがとうございます。

今回は短編集ですが、次回は本編予定です。（あ……でも。その前に、シュガーアップルとは別のお話が一冊出るかもですが）

とりあえず「金の繭」で、やっと恋人同士になった感のあるアンとシャルなので、二人にはそれらしく振る舞《ふ ま》っていただきたい！　と、今のところこつこつ頑張っております。どんな出来になったか、また気が向いたら本編を手に取ってみてください。ではでは、また。

三川　みり

《初出》

エリオット先生のシュガー講座
「Premium The Beans VOL.1」
アンと猫の砂糖菓子屋
The Sneaker　2010年9月号増刊「The Beans VOL.15」
アンへの10の質問　書き下ろし
天国の銀砂糖師
The Sneaker　2011年3月号増刊「The Beans VOL.16」
シャルへの10の質問　書き下ろし
日と月の密約
「Premium The Beans VOL.1」
ミスリルへの10の質問　書き下ろし
鳥籠の花束　書き下ろし
キャットへの10の質問　書き下ろし
猫と妖精の食卓
「Premium The Beans VOL.2」
ヒューへの10の質問　書き下ろし
明日からね　書き下ろし
キースへの10の質問　書き下ろし
シュガーアップル・フェアリーテイル　こぼれ話
The Sneaker　2010年9月号増刊「The Beans VOL.15」

「シュガーアップル・フェアリーテイル 王国の銀砂糖師たち」の感想をお寄せください。
おたよりのあて先
〒102-8177 東京都千代田区富士見2-13-3
株式会社KADOKAWA 角川ビーンズ文庫編集部気付
「三川みり」先生・「あき」先生
また、編集部へのご意見ご希望は、同じ住所で「ビーンズ文庫編集部」
までお寄せください。

シュガーアップル・フェアリーテイル **王国《おうこく》の銀砂糖師《ぎんざとうし》たち**

三川《みかわ》みり

角川ビーンズ文庫 17909

平成25年4月1日 初版発行
令和3年9月30日 再版発行

発行者――――青柳昌行
発　行――――株式会社KADOKAWA
〒102-8177 東京都千代田区富士見2-13-3
電話 0570-002-301（ナビダイヤル）
印刷所――――株式会社暁印刷
製本所――――本間製本株式会社
装幀者――――micro fish

●お問い合わせ
https://www.kadokawa.co.jp/（「お問い合わせ」へお進みください）
※内容によっては、お答えできない場合があります。
※サポートは日本国内のみとさせていただきます。
※Japanese text only

ISBN978-4-04-100769-3 C0193 定価はカバーに表示してあります。

Graceful beasts
デ・コスタ家の優《ゆう》雅《が》な獣《けだもの》
裏社会を牛耳る
美しい獣《けだもの》たちとの
危険な駆け引き!
喜多《きた》みどり
①〜③ 好評発売中
イラスト/カズアキ

夢にひたむきな少女と
軍人たちのラブ&ミステリ!!
軍人《おとこ》たちの標的《ターゲット》は、
赤毛の女神《わたし》!?
文野《ふみの》あかね
イラスト／高星麻子《たかぼしあさこ》
女神と棺の手帳
May the Fate smile upon us.
①女神と棺の手帳
②女神と棺の手帳 甘き約束の音色

角川ビーンズ小説大賞
原稿募集中!
君の"物語"がここから始まる!
角川ビーンズ小説大賞がパワーアップ!
https://beans.kadokawa.co.jp
詳細は公式サイトでチェック!!!
【一般部門】&【WEBテーマ部門】
賞金 大賞100万円
優秀賞30万円
他副賞
締切 3月31日
発表 9月発表(予定)
イラスト/紫 真依